Alles BDSM

Unterwürfiger Chef-Trilogie

Erika Sanders

Alles BDSM
Unterwürfiger Chef-Trilogie

Erika Sanders
Reihe
Alles BDSM

Zusammenfassung

Es besteht aus folgenden Romanen:
    Unterwürfiger Chef 1
    Unterwürfiger Chef 2
    Unterwürfiger Chef 3

Alles BDSM ist eine Romanreihe mit starkem erotischem BDSM-Gehalt und gehört wiederum zur Sammlung **Erotic Domination and Submission**, eine Romanreihe mit hohem romantischem und erotischem BDSM-Gehalt.

(Alle Charaktere sind 18 Jahre oder älter)

Hinweis zum Autorin:

Erika Sanders ist eine international bekannte Schriftstellerin, übersetzt in mehr als zwanzig Sprachen, die ihre erotischsten Schriften abseits ihrer üblichen Prosa mit ihrem Mädchennamen signiert.

Index:

ALLES BDSM
UNTERWÜRFIGER CHEF-TRILOGIE
ERIKA SANDERS

UNTERWÜRFIGER CHEF 1

ERSTER TEIL
GEGENSEITIGE ZUSTIMMUNG

15

KAPITEL 1

Der Brief war ein Segen.

Er konnte die Tränen kaum zurückhalten.

Cristina hatte gerade ihr Kochstudium beendet und ihr neues Catering-Geschäft hatte einen felsigen Start.

Er stand in seiner kleinen Wohnung und ging jedes Wort des handgeschriebenen Briefes durch.

Liebe Cristina,

Ich hoffe, dieser Brief erreicht dich. Entschuldigung, aber ich benutze keine E-Mail. Und ich mag im Allgemeinen keine Anrufe. Ich bin aus der Mode.

Ich bin ein Bekannter deiner Mutter. Wir haben uns vor einigen Wochen kurz auf der Party eines gemeinsamen Freundes getroffen. Ihre Mutter hat Ihr Catering-Geschäft mehrmals beiläufig erwähnt. Ich habe darüber nachgedacht und es klingt interessant. Ich habe noch nie einen Caterer eingestellt.

Wenn Sie an einem neuen Kunden interessiert sind, kontaktieren Sie mich und vielleicht können wir eine Einigung erzielen. Ich bin ein schrecklicher Koch. Und ich habe gehört, du bist sehr gut.

Beste Wünsche und viel Glück mit Ihrem Geschäft,

Paul

Schließlich dachte sie. Viel Glück begann ihm in den Weg zu kommen.

KAPITEL 2

Eine Woche später.

Cristina fuhr in ihrem verprügelten alten Auto durch die reiche Nachbarschaft.

Offensichtlich war er ein Blickfang, aber es war ihm egal.

Ich war froh, in dieser Nachbarschaft zu sein, um einen möglichen Job zu finden.

Er parkte am Eingang zu der Adresse, die sie angegeben hatten.

Ich hatte keine Ahnung, wie Paul aussah.

Ihre einzige wirkliche Interaktion war ein kurzer Anruf, um das Treffen vorzubereiten.

Cristina klopfte an die Tür.

Eine alte schwarze Frau antwortete.

Die Frau trug ein Dienstmädchen-Outfit.

Die Frau war seltsam still, als sie sich ansahen.

"Hi", sagte Cristina ungeschickt. "Ich bin hier, um Paul zu sehen."

Die alte schwarze Frau nickte.

"Komm auf diese Weise."

Cristina kam herein und das Mädchen schloss die Tür.

Das Dienstmädchen führte sie die Treppe eines ziemlich großen Hauses hinunter.

Cristina sah sich mit neidischen Augen um.

Alles war alt, dunkel und rustikal.

Es gab überall Antiquitäten.

An den Wänden waren klassische Gemälde ausgestellt.

Sie kamen zu einem Korridor und das Dienstmädchen öffnete eine Tür, nachdem es zuerst geklopft hatte.

Cristina kam herein, dann ging die Magd.

Es war ein Büroraum.

Paul saß hinter seinem Schreibtisch und arbeitete.

Er war ein gutaussehender Mann in den Vierzigern.

Er hatte einen steinartigen Gesichtsausdruck, der nicht zu lesen war.

Sein Gesicht war perfekt für Poker.

Sein Gesicht blieb ausdruckslos.

"Bitte nehmen Sie Platz", sagte er.

Cristina war von seiner Anwesenheit und ihrem Mangel an Geschäftserfahrung eingeschüchtert.

Er hatte noch nie einen Deal abgeschlossen.

Sie saß vor ihrem Schreibtisch.

"Sie müssen neu in dieser Branche sein", sagte sie.

"Warum sagst du das?"

"Ich konnte deine Nervosität spüren, als du hereinkamst. Du solltest versuchen dich zu entspannen. Entspann dich, ich bin hier, um dir mit allem zu helfen, was du brauchst."

Sie lächelte unbeholfen.

"Ich merke es mir."

"Okay. Jetzt erzähl mir von deinem Catering-Geschäft."

"Nun, es ist noch ziemlich neu", sagte er, nachdem er ein bisschen darüber nachgedacht hatte. "Ich kann Mahlzeiten zubereiten, die Ihren spezifischen Vorlieben entsprechen. Wenn Sie Catering für eine Party benötigen, kann ich zusätzliche Leute einstellen. Ich habe viele Freunde aus der Kochschule."

"Das wird nicht nötig sein. Ich möchte lieber, dass du alleine arbeitest. Auf diese Weise gibt es weniger Probleme."

Cristina nickte.

"Ich denke du lebst alleine und du willst, dass ich deine Mahlzeiten koche."

"Sehr schlau."

"Hattest du eine bestimmte Vereinbarung im Sinn?"

"Das hängt davon ab", antwortete Paul. "Sie sind beschäftigt? Sind Sie beschäftigt?"

Sie lächelte ihn verlegen an.

"Im Gegenteil. Sie sind mein erster echter Kunde. Ich habe hier und da kleine Dinge getan. Hauptsächlich für Freunde meiner Mutter, die mir einen Gefallen getan haben."

"Willst du kostenlose Unternehmensberatung? Zeige niemals eine Schwäche. Es klingt nicht gut."

"Oh sicher. Ich werde mich erinnern."

"Was einen Deal betrifft", antwortete Paul. "Könnten Sie meine Mahlzeiten zubereiten? Mittag- und Abendessen."

"Sicher. Das wird kein Problem sein."

"Ausgezeichnet. Ich möchte, dass meine Mahlzeiten pünktlich um 11:30 Uhr zu mir nach Hause gebracht werden. Montag bis Freitag."

"Natürlich", stimmte sie zu.

"Diese Vereinbarung wird zumindest für die nächsten Monate gültig sein. Jeder von uns hat die Möglichkeit, die Vereinbarung jederzeit zu kündigen. Verstanden?"

"Ja ich verstehe."

"Ausgezeichnet."

"Hast du eine Vorliebe für Essen?" Fragte Cristina. "Meine Spezialitäten sind Französisch, Italienisch und verschiedene Stile aus Asien ..."

Er schüttelte den Kopf.

"Das ist egal. Bring sie einfach pünktlich."

"Gut."

"Jetzt lass uns die Zahlen besprechen. Wie klingen 100 Dollar pro Tag für dich? Ist es fair?"

Cristinas Augen weiteten sich.

Die Arbeit und der angebotene Betrag waren viel mehr als ich erwartet hatte.

Er erkannte, dass sie wie ein Idiot mit einem Hündchenausdruck im Gesicht aussehen musste, also gewann sie ihre Fassung zurück.

"Das klingt vernünftig", antwortete er ruhig. "Wenn es okay ist."

"Dann ist es erledigt. Kannst du morgen anfangen?"

"Kein Problem. Aber bist du sicher, dass du nicht zuerst mein Kochen probieren willst?"

"Ehrlich gesagt ist mir der Geschmack des Essens egal. Du bist in die Kochschule gegangen. Das ist gut genug für mich. Ich möchte mir keine Sorgen um das Essen machen, während ich arbeite."

Cristina nickte.

"Okay. Ich verstehe. Darf ich fragen, was Sie tun? Ihr Haus ist wunderschön. Ich liebe die rustikale Atmosphäre."

"Ich habe verschiedene Dinge in meinem Leben getan. In diesen Tagen bin ich Kunsthändler. Ich beschäftige mich auch mit seltenen Antiquitäten. Im Moment konzentriere ich mich auf mein Schreiben."

"Was schreibst du?" Sie fragte.

"Ein paar Memoiren. Ich gebe nicht vor, jemand Berühmtes oder Wichtiges zu sein. Aber ich habe einige Geschichten zu erzählen. Es wäre eine Schande, wenn niemand ihnen zuhören würde.

"Oh, das klingt interessant. Vielleicht kann ich sie eines Tages lesen. Ich liebe es, Biografien und Memoiren zu lesen."

Paul brachte ein leichtes Lächeln zustande.

"Ich glaube nicht, dass du interessiert bist."

"Warum nicht?"

"Es ist eine Vermutung. Aber wer weiß? Manchmal irre ich mich in diesen Dingen."

"Okay", nickte Cristina ungeschickt.

Paul stand auf und ging zu Cristina hinüber.

Sie verstand und stand ebenfalls auf.

Paul war fast einen Fuß größer als sie.

Sein Körper ragte über Cristinas schlanken und kleinen Körper.

Er streckte die Hand aus und sie gaben sich die Hand.

"Offiziell haben wir einen Deal", sagte er. "Ich freue mich auf die erste Reihe von Mahlzeiten morgen um 11:30 Uhr. Komm nicht zu spät. Ich toleriere keinen Ungehorsam."

Sie schluckte.

"Jawohl."

KAPITEL 3

Cristina war immer noch beeindruckt von dem Treffen mit Paul.

Er legte sich auf das Bett und sah zur Decke.

Das Angebot schien zu gut, um wahr zu sein.

Es war fast unglaublich.

Aber er hatte Angst, dass es ein grausamer Witz gewesen war, dachte er.

Er nahm sein Handy und rief seine Mutter an.

Seine Mutter beantwortete seine Anrufe immer in wenigen Tönen.

Als sie ans Telefon ging, verschwendete Cristina keine Zeit damit, alles zu erklären.

Kein Detail wurde verschont.

Cristina erzählte ihrer Mutter alles über das Angebot und all die Gefühle, die sie hatte, als sie Paul traf.

"Das ist wunderbar", antwortete ihre Mutter.

"Ich weiß. Es ist irgendwie verrückt, oder? Aber ich werde nichts davon glauben, bis dein Geld in meiner Hand ist. Bis dahin stelle ich mir das Schlimmste vor."

"Konzentriere dich auf positive Gedanken, Cristina. Dein Geschäft hebt endlich ab."

"Ich hoffe es. Ich meine, 100 Dollar pro Tag für zwei Mahlzeiten? Selbst wenn er mich nächste Woche feuert, bin ich trotzdem froh, dass ich so viel Geld verdient habe."

"Darüber würde ich mir keine Sorgen machen."

"Was meinen Sie?" Fragte Cristina.

"Anscheinend hat Paul gute finanzielle Reserven."

"Mir wurde klar. Sein Haus war wie ein Museum."

"Da haben Sie es. Sie müssen sich keine Sorgen machen, dass seine Finanzen knapp werden. Halten Sie ihn einfach mit großartigen

Mahlzeiten, großartigem Service glücklich und kommen Sie nicht zu spät."

"Was weißt du über diesen Kerl?" Fragte Cristina in einem ernsteren Ton. "Es scheint ein bisschen komisch, nicht wahr?"

Seine Mutter dachte einen Moment nach.

"Irgendwie. Ich habe ihn nur einmal auf einer Party getroffen. Er ist ein sehr kluger Kerl. Kein Unsinn. Direkt."

"Es ist definitiv er", scherzte Cristina.

"Unterschätze ihn aber nicht. Anscheinend ist er ein Schatz mit den Damen."

"Wirklich?"

"Das habe ich gehört. Achten Sie darauf, dass Sie sich von seinem unwiderstehlichen Charme fernhalten", scherzte er.

"Sehr lustig", antwortete Cristina. "Er ist definitiv nicht mein Typ. Zu alt. Und zu langweilig."

"Ich bin froh, dass Ihr Geschäft gut angelaufen ist."

"Wir werden sehen."

"Konzentriere dich auf positive Gedanken, Cristina."

KAPITEL 4

Wochen vergingen.

Cristina hatte bereits Dutzende Mahlzeiten für Paul zubereitet.

Und sie hatte in dieser Zeit Tausende von Dollar verdient.

Der Tagesablauf war immer der gleiche.

Steh früh morgens auf.

Koch.

Alles vorsichtig in Behälter geben.

Bring ihn vor 11:30 Uhr zu Pauls Haus.

Sei niemals zu spät.

Und niemals ungehorsam.

Eines Tages wurde Cristina gebeten, das Mittagessen, das sie mitgebracht hatte, auf einem Teller in der Küche vorzubereiten.

Also tat sie es.

Es war das erste Mal, dass ich in Pauls Küche Hausarbeiten erledigte.

Sie war stolz auf ihr Essen.

Er wusste, dass es gut schmeckte, obwohl Paul ihm nie ein Kompliment gemacht hatte.

Er kam in Freizeitkleidung nach unten.

Wie immer war sein Gesicht fast ausdruckslos.

Er schaute auf das Essen auf dem Esstisch und machte sich nicht die Mühe, es zu kommentieren.

"Soll ich jetzt gehen?" Fragte Cristina ungeschickt.

"Bleib einen Moment. Ich möchte dich etwas fragen."

"Gut."

Paul saß am Esstisch, während Cristina stehen blieb.

"Welche anderen Dienstleistungen bieten Sie an?" Ich frage. "Neben dem Kochen."

Cristina war überrascht und stand fest.

Er bereitete sich auf weitere Anspielungen vor.

Ich war auf sexuelle Belästigung vorbereitet.

"Ich biete einen ehrlichen Catering-Service. Ich koche Gourmet-Mahlzeiten. Das war's. Wenn Sie nach anderen Dienstleistungen suchen, schlage ich vor, dass Sie woanders suchen."

"Und warum ist das?" er fragte streng.

"Ehrlich gesagt, du bist nicht mein Typ."

"Du bist auch nicht mein Typ."

Sie war noch mehr beleidigt.

"Schau, ich denke unser Arrangement funktioniert gut. Lass es uns so bleiben. Alles andere wird nicht funktionieren."

"Glaubst du, ich bitte um sexuelle Gefälligkeiten?" Ich frage.

Cristina erstarrte.

"So ist es nicht?"

"Das glaube ich nicht."

Sein Gesicht wurde rot.

"Oh, tut mir leid, Sir."

"Vergiss es", antwortete er. "Ich frage, weil meine Magd bald in den Ruhestand geht. Wenn Sie zusätzliche Zeit haben, könnten Sie mir vielleicht bei meinen Reinigungsarbeiten helfen."

"Was soll ich machen?"

"Nichts Schwieriges. Geschirr putzen. Alles sauber halten."

"Das muss ich mir noch überlegen."

"Sie werden natürlich gut entschädigt", antwortete er. "Und mach dir keine Sorgen, ich werde dich nicht nach Sex fragen. Du bist nicht mein Typ."

Sie wurde wieder rot.

"Es tut mir leid wegen früher. Aber ich werde es in Betracht ziehen. Warum nicht?"

"Betrachten Sie das Angebot. Mein Job läuft reibungslos und ich würde mich über ein wenig Hilfe bei der Wartung Ihres Hauses freuen."

"Du gehst nicht viel aus, oder?"

"Ich bin bereits um die Welt gereist und habe alles gesehen", antwortete er. "In diesem Teil meines Lebens konzentriere ich mich auf das Schreiben. Manchmal gehe ich aus. Ich liebe es immer noch zu trainieren. Aber ich möchte mir keine Sorgen um die Haushaltsführung machen. Sie scheinen eine fähige junge Frau zu sein, deshalb biete ich Ihnen zusätzliche Arbeit an.

Cristina nickte.

"Das ist sehr großzügig von dir."

"Mit dem zusätzlichen Geld könnten Sie sich einen neuen Kleiderschrank und ein neues Auto kaufen."

Sie war etwas verärgert über diesen Kommentar.

"Ich verstehe. Ich brauche Geld. Du musst es nicht einreiben."

"Ich habe nicht versucht, es zu tun."

"Gut. Ich werde es tun. Ich werde ein paar zusätzliche Reinigungsarbeiten für dich erledigen."

"Ausgezeichnet", antwortete er mit einem seltenen Lächeln. "Wir werden den Boden später besprechen."

Sie ging zu Paul und streckte ihre Hand nach einem Händedruck aus.

Paul erhob sich wie ein Gentleman und schüttelte ihm die Hand.

Der Deal wurde besiegelt.

ZWEITER TEIL
DIE TÜR GESCHLOSSEN

31

KAPITEL 5

Cristina hat es geschafft, einige andere Kunden für einige kleine Jobs zu finden.

Aber der größte Teil seiner Arbeit wurde für Paul erledigt.

Sie bereitete ihre Mahlzeiten jeden Tag der Woche zu.

Mit der Zeit begann sie mehr für ihn zu arbeiten.

Sie machte kleine Reinigungsarbeiten für etwas mehr Geld.

Cristina war immer eine unorganisierte Person für Hausarbeit gewesen, daher war es ironisch, dass sie Hausarbeit für jemand anderen erledigte.

Aber das Geld war gut, also war es ihm egal.

Das Geschirr musste auf bestimmte Weise gereinigt und arrangiert werden.

Die Fenster mussten makellos sein.

Möbel mussten staubfrei sein.

Paul hat die Böden selbst gereinigt.

Paul war eine ganz besondere Person.

Und diese Eigenschaften lösten Cristina manchmal aus.

Aber das Geld war gut.

In gewisser Weise war Cristina stolz darauf, Paul zu helfen.

Auf seltsame Weise fühlte es sich an, als würde sie Paul helfen, sein Ziel zu erreichen, seine Bücher schreiben zu können.

Sie kümmerte sich um ihn als Person.

KAPITEL 6

Der Esstisch war ordentlich.

Das Mittagessen war fertig.

Cristina schaute auf den Teller und bewunderte ihre schöne Arbeit.

Die Kochschule hatte sich gelohnt.

Er konnte es kaum erwarten, dass Paul es versuchte, obwohl Paul nie ein Kompliment machte.

Paul war ungewöhnlich spät zum Mittagessen.

Er war nie zu spät.

Die Tür oben war leicht geöffnet und Cristina hörte zu, als die Tastatur wütend benutzt wurde.

Sie wusste, dass er immer noch beschäftigt war.

Sie ging die Treppe hinauf und fragte sich, ob sie ihn anrufen sollte oder nicht.

Sie wollte ihre Arbeit nicht unterbrechen.

Aber sie wusste, dass Paul ein Mann war, der Ordnung brauchte.

Vielleicht haben Sie die Zeit aus den Augen verloren?

Dann sah sie es.

In der Nähe der Treppe stand die Tür leicht angelehnt offen.

Es war ein Raum, von dem Paul gesagt hatte, er sei tabu.

Paul wollte, dass ich alle Zimmer außer diesem Zimmer sauber mache.

Cristinas Neugier erreichte ihren Höhepunkt.

Ich konnte Paul immer noch oben schreiben hören.

Sie wollte sich den geheimen Raum ansehen.

Ich wollte Pauls kleine Geheimnisse kennenlernen, egal wie klein sie sind.

Sie interessierte sich für ihn.

Sie interessierte sich für den Mann, dem sie seit Wochen gedient hatte.

Er machte ein paar leichte Schritte zur Tür.

Sie steckte den Kopf hinein.

Der Raum war dunkel.

Er schaltete den Lichtschalter ein und der Raum war hell beleuchtet.

Zu Cristinas Überraschung war das Schlafzimmer der am wenigsten elegante Ort im Haus.

Aber alles sah aus wie Antiquitäten.

Er trat ein und sah sich um.

Es gab eine Vielzahl von Holz- und Metallgeräten.

Die Entwürfe schienen aus dem Mittelalter zu stammen.

Die Geräte schienen groß genug zu sein, damit sich eine Person hinsetzen oder hinlegen konnte.

An der Wand hingen verschiedene Peitschen und Ketten.

Auf einem Tisch in der Nähe lagen viele Seile.

Cristina berührte mit ihrem Finger ein Metallgerät.

Er fuhr mit dem Finger darüber und sah es an.

Die Spitze seines Fingers war mit einer feinen Staubschicht bedeckt.

Das Zimmer war schon lange nicht mehr benutzt worden.

"Du solltest nicht hier sein", sagte Paul von hinten.

Cristina war vom Klang seiner Stimme überrascht und zuckte zusammen.

Er drehte sich um und sah Paul an der Tür stehen.

"Oh es tut mir leid."

"Habe ich nicht gesagt, dass dieser Raum nicht zu Ihren Pflichten gehört?" fragte er und ging beiläufig hinein.

"Ich weiß. Aber es war offen und ich war neugierig. Ich dachte, vielleicht wolltest du, dass ich es sauber mache."

"Nein. Ich hatte vor, es später selbst zu reinigen."

Cristina schluckte.

"Dein Essen ist fertig. Es wird langsam kalt."

"Es kann warten", antwortete er und ging in den Raum, um sich die Geräte anzusehen. "Sie müssen sich fragen, worum es geht."

"Es sieht aus wie eine mittelalterliche Folterkammer."

"Sie haben fast Recht. Einige dieser Dinge wurden vor Jahrhunderten im Mittelalter gebaut. Aber nicht unbedingt für Folter."

"Wofür dann?"

"Vergnügen. Sexuelles Vergnügen", antwortete er unverblümt.

Cristina war überrascht.

"Ich kann mir nicht vorstellen wie. Diese Dinge sehen so schmerzhaft aus."

"Das ist der Punkt."

"Also sind sie im Grunde genommen Bondage-Geräte?"

Er nickte.

"Diese Fetische gibt es schon seit Jahrhunderten. Können Sie glauben, dass diese Geräte für königliche Familien und Adel gebaut wurden?"

"Es würde mich nicht überraschen. Die meisten reichen Leute sind ein bisschen verdorben."

Er hob eine Augenbraue.

"Umfasst mich das?"

"Oh nein, ich habe dich nicht gemeint", sie wich schnell zurück.

"Ich habe nur Spaß gemacht."

Cristina entspannte sich.

"Natürlich. Warum sind all diese Dinge in diesem Raum eingesperrt? Warum verkaufst du sie nicht an ein Museum oder so?"

"Vielleicht eines Tages. Aber jetzt schreibe ich in meinem Buch darüber. Ich hatte auch vor, Fotos von ihnen zu machen. Deshalb war der Raum geöffnet."

"Ihr Buch muss interessant sein."

"Ich hoffe es", antwortete er. "Ich habe über Sex geschrieben. Die Art von Herrschaft und sexueller Sklaverei."

Cristina hob die Augenbrauen.

"Wirklich? Du scheinst nicht der Typ Mann für so etwas zu sein."

"Also, was für ein Junge sehe ich aus?"

"Ich weiß nicht. Squishy. Erdbeere. Nichts für ungut."

"Nichts für ungut", antwortete er. "Er war vor Jahren eine ganz andere Person. Ich war nicht immer so zurückgezogen."

"Was hat sich geändert?"

Paul rieb seine Finger an einem Metallgerät.

"Es ist eine lange Geschichte. Sie können mein Buch lesen, wenn ich mit dem Schreiben fertig bin."

"Nun, ich freue mich darauf. Sie scheinen einige interessante Geschichten zu erzählen."

"Weißt du was ein Meister ist?" Ich frage.

"Nur die Grundlagen", er zuckte die Achseln. "Ein Mann, der Frauen regiert. Peitschen. Ketten. Prügel. So etwas, oder?"

"Mehr oder weniger. Ich war ein Meister für viele unterwürfige Frauen. Schöne Frauen mit dunklen Wünschen."

"Hast du sie geschlagen?" sie fragte neugierig.

"Manchmal."

"Was ist mit diesen Geräten?" Sie fragte. "Hast du sie jemals bei deinen Sklaven benutzt?"

"Gelegentlich. Aber die Methoden sind nicht wichtig. Es geht nicht um Prügel oder Geräte. Es geht um Kapitulation. Sie geben mir ihren Körper. Und ich mache mit ihnen, was ich will. Am Ende ist das Vergnügen gegenseitig."

Cristina schwieg einen Moment.

Er sah Paul direkt in die Augen und wusste, dass jedes Wort, das er sagte, wahr war.

Sie wusste, dass es etwas war, mit dem Paul Erfahrung hatte.

Sie wusste, dass Paul sich danach sehnte, es wieder zu tun.

"Ihr Essen wird kalt", sagte er.

"Ist das alles was dich interessiert?"

Sie erstarrte für einen Moment.

"Nun, Catering ist das, wofür du mich engagiert hast, oder?"

"Du bist ein kluges Mädchen", sagte er mit einem leichten Lächeln. "Du fängst an mich zu mögen."

Paul ging hinüber und tätschelte Cristina freundlich die Schulter.

Dann drehte er sich um und verließ den Raum, während Cristina durch die unangenehme Begegnung verwirrt war.

Sie folgte ihm ins Esszimmer und sah ihm beim Essen zu.

KAPITEL 7

Später in dieser Nacht.

Es war der Anruf, von dem Cristina befürchtet hatte, dass er in den letzten Monaten kommen würde.

"Wie?!" Fragte Cristina.

"Es ist endlich Zeit", antwortete ihre Mutter. "Dein Vater und ich werden dich nicht länger finanziell unterstützen. Wir glauben, dass du alt genug bist, um für dich selbst zu sorgen."

"Sie erkennen, dass das Leben in der Stadt teuer ist, oder?"

"Schatz, niemand zwingt dich, in der Stadt zu leben. Du kannst immer nach Hause gehen und etwas billigeres zum Leben finden."

"Nein danke", seufzte Cristina.

"Ich weiß nicht, warum du so überrascht bist. Ich habe dich in den letzten Monaten alarmiert. Als ich in deinem Alter war, habe ich ..."

"Die Zeiten haben sich geändert, Mama. Hast du die Nachrichten gesehen? Diese wirtschaftliche Situation ist schwierig. Die Lebenshaltungskosten sind verrückt."

"Aber dein Geschäft hebt ab", antwortete ihre Mutter.

"Kaum."

"Sie müssen ein bisschen geschäftstüchtiger sein, wenn Sie erfolgreich sein wollen. Es gibt so viele potenzielle Kunden in der Stadt. Alles, was Sie tun müssen, ist sie zu finden. Sie sind eine großartige Köchin und eine gute Person. Ich habe Vertrauen in Sie, Cristina."

"Ja, Sie haben Recht. Ich habe darüber nachgedacht, verschiedene Unternehmen zu kontaktieren, um zu sehen, ob sie Party-Catering benötigen."

"Das ist der Unternehmergeist", antwortete ihre Mutter stolz.

"Wenn das Leben so einfach wäre."

"Gute Dinge kommen, wenn du hartnäckig bist. Apropos, arbeitest du noch mit Paul? Wie läuft das?"

"Es läuft gut", sagte Cristina vage.

"Nun? Ist das alles? Irgendwelche interessanten Details?"

"Nicht wirklich. Ich koche fünf Tage die Woche für ihn. Er zahlt mir viel Geld für den Service, den ich anbiete. Er ist ein komischer Typ."

"Schau, wer redet", scherzte ihre Mutter.

"Lustig."

"Ich mache nur Spaß. Du hast Recht. Paul scheint ein bisschen distanziert zu sein. Er ist allerdings ein kluger Kerl."

"Er ist definitiv eine interessante Person", antwortete Cristina. "Und er hält mich angestellt. Also kann ich mich nicht beschweren."

"Das sollten Sie auch nicht. Wenn Sie möchten, dass Ihr Unternehmen wächst, sollten Sie Ihre Kunden immer zufrieden stellen. Das hat bei mir immer funktioniert."

Cristina blieb einen Moment stehen.

"Weißt du, du hast mir gerade eine Idee gegeben."

"Ich bin mir nicht sicher, ob mir gefällt, wie das klingt."

"Danke Mama. Du bist der Beste."

"Nun, pass auf dich auf, Cristina. Ich unterstütze dich immer. Ich liebe dich."

"Ich liebe dich auch, Mama."

Nach Beendigung des Anrufs hatte Cristina ein starkes Gefühl der Entschlossenheit.

Sie war entschlossen, ohne die Hilfe ihrer Eltern erfolgreich zu sein.

KAPITEL 8

Der nächste Tag.

Cristina wartete aufmerksam, während Paul zu Mittag aß.

Sie putzte die Küche und kümmerte sich um die Hausarbeit für ihn.

Als Paul mit dem Essen fertig war, kehrte sie ins Esszimmer zurück und nahm ihm seinen Teller ab.

Bevor Paul die Gelegenheit hatte zu gehen, stand sie mit einer respektvollen Haltung vor dem Esstisch.

"Ich habe nachgedacht", sagte Cristina mit gefalteten Händen. "Dieses Arrangement hat wirklich gut geklappt. Ich habe mich um die meisten Ihrer Mahlzeiten und Hausarbeiten gekümmert, sodass Sie sich auf Ihre Arbeit konzentrieren können."

Paul lehnte sich zurück und wusste, dass ein Vorschlag kommen würde.

"Ich stimme zu. Das hat gut funktioniert. Besser als ich erwartet hatte."

"Also, wie würden Sie sich fühlen, wenn ich meine Pflichten hier erweitern wollte? Natürlich für zusätzliches Geld."

"Sie tun bereits mehr als ich brauche. Und ich zahle Ihnen bereits ein äußerst großzügiges Gehalt."

"Ich weiß das zu schätzen", sagte Cristina höflich. "Aber du würdest mehr davon profitieren, wenn ich mehr für dich tun würde. Die Berührung einer Frau ist immer hilfreich für einen einzelnen Mann."

Paul dachte einen Moment nach.

"Es ist ein interessanter Punkt. Weiter."

"Ich bin sicher, es gibt viele andere Dinge, die ich für dich tun könnte."

"Wie was?"

Cristina war einen Moment nachdenklich.

"Nun, das liegt an dir. Vielleicht könnte ich diese Geräte im verschlossenen Raum reinigen. Dieser Raum war staubig. Ich könnte zusätzliche Reinigungsarbeiten erledigen. Und vielleicht könnte ich eine Party für dich veranstalten."

"Warum bist du plötzlich so interessiert an mehr Geld?" Fragte Paul.

"Ich denke, Sie könnten die Berührung einer Frau ausnutzen. Denken Sie an alle Partys, die Sie veranstalten könnten. Die Leute würden das Essen lieben. Ihr soziales Leben wäre großartig."

"Sag mir die Wahrheit. Warum brauchst du zusätzliches Geld?"

Cristina hielt für eine Sekunde inne.

"Meine Eltern werden mir kein Geld mehr geben. Und die Miete in dieser Stadt ist überwältigend. Wenn ich hier noch etwas tun muss, würde ich es gerne tun."

Paul nickte mitfühlend.

"Ich mag dich als Person, Cristina. Du arbeitest hart und hast Spaß dabei. Aber ich werde dir kein freies Geld geben, besonders wenn ich dich schon gut bezahle."

"Ich verstehe", antwortete Cristina und versuchte ihre Traurigkeit einzudämmen. "Danke, dass du mir trotzdem zugehört hast. Ich bin morgen zurück."

"Ich habe meinen letzten Punkt noch nicht erreicht", fügte er hinzu. "Ich werde versuchen, an etwas zu denken. Etwas, das für Ihre Fähigkeiten und Eigenschaften geeignet ist. Wenn ich etwas finde, werde ich es Sie wissen lassen und Sie werden dafür belohnt. Klingt fair?"

Sie lächelte.

"Klingt gut".

KAPITEL 9

Die Tage vergingen.

Paul hat nie ein Angebot gemacht.

Cristina fragte sie nie, warum sie sich nicht die Mühe machen wollte.

Sie bereitete Pauls Mittagessen wie gewohnt vor.

Paul ging früher als gewöhnlich nach unten ins Esszimmer.

Er setzte sich und wartete, während Cristina noch alles fertig machte.

"Es sieht gut aus", sagte er, als Cristina den Teller mit dem Essen brachte.

Es war wirklich ein seltener Moment für ihn, ihr zu gratulieren.

"Danke. Es ist Lammbraten mit einer Seite gebackenem Gemüse."

Paul nahm neben ihr Platz.

"Setz dich. Es gibt etwas, das ich mit dir besprechen möchte."

Cristina setzte sich und wartete auf das, was er zu sagen hatte.

"Ich habe über Ihre Bitte um mehr Arbeit nachgedacht", sagte er. "Besonders über die Notwendigkeit einer weiblichen Note hier. Wie auch immer, ich komme gleich zur Sache, ich könnte einen Teil Ihrer Inspiration für mein Schreiben verwenden."

"Inspiration? Wie ist das?"

"Vielleicht könntest du für mich posieren. Ich habe in letzter Zeit mit Schreibblockaden zu kämpfen und es könnte mir helfen, etwas zu sehen."

Cristina gab einen besorgten Ausdruck.

"Bist du sicher, dass ich keine Party für dich schmeißen soll oder so? Das wird wahrscheinlich besser funktionieren."

"Ich bin nicht daran interessiert, eine Party zu schmeißen", antwortete er und lehnte sich in seinem Stuhl zurück. "Entschuldigung, ich habe nur gefragt. Es war unangemessen."

Sie dachte einen Moment nach.

"Wie viel Geld würden Sie anbieten?"

"Es hängt alles ab."

"Von?"

"Von der Arbeit, die Sie machen werden", sagte er. "Ich habe noch nie ein Model angeheuert. Aber ich weiß, dass es beim Schreiben helfen würde."

"Na ja, das werde ich mir merken."

"Nicht. Es war ein Fehler zu fragen. Wenn es dir nichts ausmacht, würde ich jetzt gerne essen. Ich habe später andere Dinge zu tun."

"Ich werde das machen!" Schnappte Cristina.

"Was?"

"Der Modeljob, den du mir angeboten hast. Niemand wird es wissen, richtig? Er bleibt streng zwischen uns, richtig?"

"Das stimmt", nickte er. "Es wird keine Aufzeichnung darüber geben. Ich brauche nur die Inspiration."

"Ich bin interessiert."

Paul seufzte leicht.

"Ich glaube nicht, dass du verstehst. Ich wurde in meinem Angebot gehetzt. Ich glaube nicht, dass mein Geschmack für dich ist."

"Warum nicht?"

"Weil du im Herrschaftsraum so unbehaglich ausgesehen hast."

Cristina war etwas verwirrt.

Plötzlich wurde ihr klar, dass Paul nach Inspiration für seine Herrschaftsgeschichten suchte.

Aber unabhängig davon dachte er über Geld nach.

"Ich kann lernen, mich damit wohl zu fühlen", antwortete sie. "Gib mir einfach Zeit. Solange niemand weiß, geht es mir gut."

Paul sah ihn lange und skeptisch an.

"Wie du willst. Komm morgen um halb neun hier her. Wir werden die Dinge von da an klären."

"Dankeschön."

Cristina stand auf und streckte ihre Hand für einen Händedruck aus.

Paul streckte die Hand aus und schüttelte ihre.

KAPITEL 10

Später in dieser Nacht.

Cristina war in der Küche und bereitete Mahlzeiten für den nächsten Tag vor.

Sie wusste, dass sie am nächsten Tag keine Zeit dafür haben würde, da Paul erwartete, dass sie um halb neun Uhr morgens dort sein würde.

Nachdem alles vorbereitet war, sah sich Cristina im Spiegel an.

Er fragte sich, ob sie hübsch genug war, um für Paul zu modellieren.

Er fragte sich, welche Überraschungen im Raum waren.

Ob es süß wäre oder nicht.

Und er fragte sich, über wie viel Geld wir sprachen.

Paul war immer großzügig mit finanziellen Zahlungen umgegangen.

Vor allem fragte er sich, wie viel Dominanz Paul sehen wollte.

Cristinas rationale Seite kontrollierte die Situation: Geld ist gut.

Und niemand wird es jemals erfahren.

Mein kleines Geheimnis mit Paul.

Sie zog sich aus und probierte einige hübsche Outfits vor dem Schlafzimmerspiegel an.

Schließlich entschied sie sich für ein einfaches gelbes Kleid.

Es war nicht zu aufschlussreich.

Und er war auch nicht zu prüde.

Es war die Mitte.

Sie bürstete sich die Haare und überlegte, wie viel Make-up sie tragen sollte.

Also entschied sie sich dagegen.

Das würde die Situation zu unangenehm machen.

Alles war fertig.

Sie war bereit für die Arbeit.

KAPITEL 11

Der Morgen des nächsten Tages.

Cristina erschien um viertel nach acht bei Paul.

Sie wollte sicherstellen, dass sie im Voraus vorbereitet waren.

Sie trug ihr gelbes Kleid.

Ihr Haar war gut gepflegt und ihr Gesicht war sauber von Make-up.

Sie war schon ziemlich natürlich.

Nachdem Cristina die Lebensmittelbehälter in den Kühlschrank in der Küche gestellt hatte, saßen sie zusammen im privaten Raum auf den Holzgeräten.

"Woran denkst du?" Fragte Cristina.

"Es kommt darauf an. Was sind deine Grenzen?"

Cristina zuckte mit den Schultern.

"Ich weiß nicht. Ich habe so etwas noch nie gemacht."

"Dann sollten wir es besser herausfinden."

Cristinas Augen wanderten wieder kurz durch den Raum.

Es war der langweiligste Raum im Haus.

Die Wände waren glatt.

Aber es gab alte Geräte in verschiedenen Größen und Formen.

Sie sahen alle so einschüchternd aus.

"Ich werde offen bleiben", sagte er. "Aber ich mag keine Schmerzen. Und ich möchte nicht, dass du mich zu schnell drückst. Es besteht kein Grund zur Eile. Okay?"

Er nickte.

"Danke, dass du klar bist. Du solltest wissen, dass ich ein sehr geduldiger Mann bin. Ich habe es viele Jahre lang mit unzähligen unterwürfigen Frauen gemacht. Ich drücke nie stärker, wenn sie nicht bereit ist."

Diese Worte ließen ein seltsames Gefühl in Cristinas Kolumne fallen.

Ich konnte nicht aufhören, über den Satz "unterwürfige Frauen" nachzudenken.

Innerhalb eines Augenblicks erkannte sie, dass sie sehr wohl in der gleichen Position sein konnte wie diese „unterwürfigen Frauen".

"Okay", stimmte sie zu. "Danke. Also, wie sollen wir anfangen?"

Paul stand auf und ging langsam auf und ab, während Cristina in einer zurückhaltenden Position saß.

Er betrachtete jedes Gerät auf eine Weise, die Cristina nervös machte.

"Wurdest du schon einmal gefesselt?" Fragte Paul.

Cristina schüttelte den Kopf.

"Offensichtlich nicht."

"Würdest du gerne ... sein?"

"Ich weiß nicht."

Er deutete auf den Holztisch.

"Warum nicht versuchen?"

"Ich weiß nicht", sie zuckte nervös die Achseln.

"Ist das zu viel für dich? Ich muss etwas sehen, das mich inspiriert. Dich dort sitzen zu sehen, wird mir nicht viel helfen."

Cristina stand langsam auf und holte tief Luft.

"Ich werde tun was du willst."

"Bist du sicher? Cristina, ich möchte nicht, dass du etwas tust, mit dem du dich nicht wohl fühlst. Ich kann andere Wege finden, dich zu bezahlen."

Sie holte noch einmal tief Luft.

"Nein, ich bin sicher. Wir haben eine Vereinbarung zum Modellieren getroffen, und ich beabsichtige, weiterzumachen."

"Bist du sicher?"

"Ja, total."

"Dann leg dich hin", sagte Paul und zeigte auf den Holztisch.

Der Tisch sah schmerzlich unbequem aus.

Es sah alt und rustikal aus.

Aber es war niedrig genug, dass eine Person leicht darauf liegen konnte.

Auf jeder Seite des Tisches befanden sich alte Metallstangen, die Cristina ein unangenehmes Gefühl gaben.

Er legte die Gefühle beiseite und lehnte sich zurück auf den Tisch.

Es war schmerzhaft und unangenehm, wie sie erwartet hatte.

Sie war überzeugt, dass der Tisch für Folter und nicht für Vergnügen gedacht war.

Er fragte sich, wie sich jemand an so etwas erfreuen konnte.

Er legte sich in die Mitte des Tisches und sah direkt zur Decke.

"Ich werde deine Handgelenke binden", sagte er und stand auf ihrem Kopf.

Sie schwieg einen Moment, als sie die Gestalt von Paul betrachtete, der über ihr stand.

"Okay", antwortete sie und hob ihre Handgelenke. "Voraus."

Paul nahm sanft ihre Handgelenke und führte sie zu der Metallstange auf dem Tisch.

Die Bar war kalt wie erwartet.

Die Textur auf seiner Haut war nicht sehr glatt, was ein Zeichen dafür war, dass die Stange vor langer Zeit vor modernen Maschinen hergestellt wurde.

Sie spürte, wie er ihre Handgelenke mit einem dicken Seil an die Stange band.

Cristina machte sich nicht die Mühe zu schauen.

Sie hielt den Blick an die Decke gerichtet.

"Es tat weh?" Ich frage.

"Mir geht es nicht gut."

Seine Schritte waren im ganzen Raum zu hören.

Cristina machte sich nicht die Mühe, Paul anzusehen.

Aber er fragte sich, was Paulus wohl denken musste.

Es muss für Paul aufregend sein, sie in einem schönen Kleid mit gebundenen Handgelenken zu sehen, dachte er.

"Sag es mir noch einmal", sagte er. "Was ist deine Grenze?"

Sie schluckte.

"Tu mir einfach nicht weh."

"Kann ich dein Kleid öffnen?" fragte er mit leiser Stimme.

"Nein, nicht das."

"Dann haben Sie wohl andere Grenzen", antwortete er mit einem leichten Gefühl der Belustigung.

"Ich nehme an."

"Kann ich dich berühren?" Ich frage. "Es ist vollkommen in Ordnung, wenn Sie sich weigern. Aber da wir so weit gekommen sind, sehen Sie auf jeden Fall attraktiv aus."

"Wenn du willst", antwortete er schüchtern.

"Es geht nicht darum, was ich will. Es geht darum, womit du dich wohl fühlst."

Er kämpfte einen Moment mit seinen Gedanken.

"Ich fühle mich damit wohl. Es ist okay. Mach weiter, wenn du willst. Ich meine, ich fühle mich damit wohl."

"Bist du sicher, Cristina? Ich möchte dich nicht unter Druck setzen, wenn du dich nicht wohl fühlst."

"Solange du weißt ..."

"Solange es dich finanziell entschädigt?" fragte er irgendwie amüsiert.

Sein Ton und seine Phrasierung ließen Cristina sich noch unwohl fühlen.

"Ja", antwortete sie.

"Darüber müssen Sie sich keine Sorgen machen".

Cristina erwartete einen weiteren sarkastischen Witz als Antwort, aber Paul hatte aufgehört zu sprechen.

Er ging zu ihr hinüber, als sie weiter auf dem Tisch lag.

Cristina sah, wie er ihren Körper ansah.

Ich war eindeutig nervös.

Sie wusste nicht, was er vorhatte.

Seine Augen schlemmten und wanderten über ihren Körper.

Es wurde schließlich entschieden.

Und er machte seinen Schritt.

Paul griff nach unten und berührte Cristinas Knie.

Es war eine plötzliche Berührung, die sie überraschte.

Sie schauderte.

"Geht es dir gut, Cristina?"

"Mir geht es gut. Das habe ich einfach nicht erwartet."

Er ließ seine Hand tiefer über ihren Oberschenkel gleiten.

Seine Hand glitt tiefer, bis sie unter ihrem gelben Rock war.

Cristina fühlte sich unwohl, aber es ließ sie auch zwischen ihren Beinen kribbeln.

Seine Augen blieben auf die Decke gerichtet.

"Stört es dich, wenn wir weiter machen?" Ich frage. "Wir sind schon so weit gekommen."

"Mach weiter. Es ist mir egal."

"Bist du sicher?"

"Ich bin sicher."

Paul hob Cristinas Rock und schob ihn hoch.

Ihr Höschen war freigelegt.

Paul schob seine Hand unter Cristinas Höschen.

Natürlich zuckte sie wieder zusammen, hielt sich aber zurück.

Pauls Hand rieb sich den Schritt.

Cristinas Körper und Füße spannten sich an.

"Du musst dich entspannen", sagte Paul. "Sonst bringt das nicht viel."

"Gut."

Cristina tat ihr Bestes, um ihren Körper zu entspannen.

Seine Augen blieben an der Decke.

Es war ihr zu peinlich, Paul anzusehen.

Sie erlaubte ihm einfach, ihren Schritt zu streicheln.

Sie schnappte nach Luft, als Paul mit ihrem Kitzler spielte.

Es war ein Schritt, den er nicht erwartet hatte.

Ihr natürlicher Instinkt war es, nach Pauls Hand zu greifen und sie wegzuschieben, sich dann zu bedecken und Paul ins Gesicht zu schlagen, aber die Seile um seine Handgelenke waren fest.

Sie zog sanft, aber ohne Erfolg.

"Versuchst du raus zu kommen?" Fragte Paul. "Wenn du raus willst, sag es mir einfach und ich werde dich sofort losbinden."

"Es tut mir leid. Es war eine Knie-Ruck-Reaktion."

"Nun, reagiere nicht so. Das ist nicht die Reaktion, die ich will."

"Es ist okay, sorry."

Pauls Finger bewegten sich in einer wütenden kreisenden Bewegung über ihren geschwollenen Kitzler.

Cristina hatte keine andere Wahl, als nach Luft zu schnappen.

Sie war zu schockiert, um ihre Gefühle einzudämmen.

Die Finger hörten nicht auf.

Es war eine schöne Freude.

Sie schloss die Augen und genoss Pauls Vergnügen.

Es war ein Kribbeln, das durch ihren Körper floss.

"Ich kann dir sagen, dass du nah dran bist", sagte er. "Entspann dich. Es ist fast vorbei."

Mit noch geschlossenen Augen erlaubte sich Cristina, Pauls Finger zu genießen, während sie sich an ihrer zarten kleinen Klitoris weideten.

Momente vergingen, bevor Cristinas Finger sich versteiften.

Kurze keuchende Geräusche entkamen seinen Lippen.

Seine Augen drückten sich fest.

Seine Muskeln zogen sich zusammen.

Es war ein wohlverdienter Orgasmus von all den Belastungen in ihrem Leben.

Schließlich entspannte sich ihr Körper und Paul nahm seine Hand von ihrem Höschen.

Er brachte ihr Kleid zurück in die richtige Position.

Er tätschelte Cristina den Oberschenkel, als hätte er etwas richtig gemacht.

"Du hast es auf jeden Fall genossen", sagte Paul, als er begann, ihre Handgelenke zu lösen.

Cristina fühlte sich befreit.

Sie richtete sich auf und rieb sich die Handgelenke, die leicht rot und vom Seil wund waren.

Das Orgasmusgefühl half, den Schmerzen entgegenzuwirken.

"Es hat mir gefallen", antwortete sie. "Es war schön. Wirklich schön. Gott, ich habe mich schon lange nicht mehr so gefühlt. Ich meine, nicht so gut wie du."

"Ich bin froh, dass es dir gefallen hat. Es hat viele Erinnerungen zurückgebracht, die mir beim Schreiben helfen werden. Du warst eine wundervolle kleine Inspiration für mich."

"Ich bin immer froh, zu Ihren Diensten zu sein."

"Ausgezeichnet", nickte er. "Ich werde sicherstellen, dass Ihr Scheck am Ende des Monats einen Bonus erhält. Ich denke, Sie haben dafür zusätzliche fünftausend Dollar verdient."

Überraschenderweise schämte sich Cristina.

Sie wusste, dass Paul es gut meinte.

Er schätzte die zusätzlichen fünftausend, was viel mehr war, als er erwartet hatte.

Aber ein Gefühl der Schuld überkam sie, als hätte sie gerade ihren Körper und ihre Sexualität für leichtes Geld verkauft.

Dadurch fühlte sie sich unrein und schmutzig.

"Ich bin keine Hure", platzte sie heraus und bereute es sofort.

"Ich habe nie gesagt, dass du es bist."

"Entschuldigung", antwortete sie. "Ich schätze wirklich alles. Aber ich habe meinen Körper noch nie so benutzt, um Geld zu verdienen."

Paul schüttelte enttäuscht den Kopf.

"Tut mir nicht leid. Das ist meine Schuld. Ich wurde mit dir gehetzt. Ich hätte dich nicht bitten sollen, für mich zu modellieren."

Cristina stand auf und reparierte ihr Kleid.

"Ich habe es genossen", sagte er. "Ich habe es wirklich getan. Aber es war ein bisschen komisch für mich. Vielleicht können wir es das nächste Mal ein anderes Mal machen? Nur ein bisschen langsamer."

"Ich glaube nicht. Das ist eindeutig nichts für dich."

Cristina warf einen schüchternen Blick zu, während das Gefühl des Orgasmus immer noch durch ihren Körper floss.

"Ich mache jetzt dein Mittagessen", sagte er.

"Ich kann es selbst machen. Du kannst gehen."

Sie nickte gehorsam.

"Ich bin froh, dass wir das getan haben."

"Ich auch", antwortete er. "Aber wir sollten das nie wieder tun. Wir sehen uns am Montag."

Cristina nickte und wusste, dass Paul bereits eine feste Entscheidung getroffen hatte.

Jetzt gab es eine subtile Unbeholfenheit zwischen ihnen.

Nachdem sie noch ein paar Worte gewechselt hatte, fragte sie sich, was Paul von ihr hielt.

DRITTER TEIL
DIE NEUE ARBEIT

KAPITEL 12

Später in dieser Nacht.

Cristina saß vor ihrem Computer und suchte nach Wegen, um neue Kunden zu gewinnen.

Er schickte mindestens ein Dutzend E-Mails an verschiedene Unternehmen, um für sein Catering-Geschäft zu werben.

Ich hatte nicht viel von einer Antwort erwartet, aber es war einen Versuch wert und ich hatte nichts zu verlieren.

Das Telefon hat geklingelt.

Es war ihre Mutter, die anrief, um noch einmal nachzusehen.

Sie redeten wie gewohnt und es gab nicht viel zu sagen.

"Es ist schwierig, mein eigenes Geschäft zu führen", klagte Cristina.

"Hast du erwartet, dass es einfach wird?"

"Ich weiß nicht, was ich erwartet habe. Es macht mir nichts aus, hart zu arbeiten. Ich liebe es, für andere Menschen zu kochen. Aber Gott, ich brauche mehr Kunden."

"Nach meiner Erfahrung ist das Geschäft das, was Sie kennen", antwortete ihre Mutter. "Viele Unternehmen kommen aus persönlichen Beziehungen. Gehen Sie also raus und versuchen Sie, neue Leute kennenzulernen, anstatt online zu suchen."

"Macht Sinn, denke ich."

"Ich denke? Wann irre ich mich?"

"Ich weiß nicht."

"Klingt nicht so deprimiert, Cristina", sagte ihre Mutter. "Viele Leute kämpfen mit einem neuen Geschäft. Versuchen Sie es einfach weiter."

"Danke Mutti."

"Wie geht es Paul? Bezahlt er dich immer noch gut?"

"Es ist kompliziert", seufzte Cristina. "Aber ja, er zahlt immer noch gut."

"Er scheint ein komplizierter Typ zu sein."

"Du kennst die Hälfte nicht."

Es gab eine Pause am Telefon.

"Hat er etwas mit dir versucht?" fragte ihre Mutter vorsichtig.

Cristina hat schnell gelogen.

"Auf keinen Fall. Natürlich nicht."

"Du kannst mir die Wahrheit sagen. Ich bin für dich da."

"Mom, er ist nicht mein Typ. Wenn ich jemals eine Bewegung machen würde, würde ich ihn mit allem, was er an diesem Tag gekocht hat, über den Kopf schlagen."

"Das klingt nach dem Geist der Cristina, die ich kenne", gluckste ihre Mutter.

"Hypothetisch gesehen, was wäre, wenn ich es tun würde? Ich meine, wie würden Sie sich dabei fühlen?"

"Wenn Paul einen Schritt gemacht hat?"

"Ja", antwortete Cristina. "Wie würdest du dich fühlen?"

Es gab eine weitere Pause in der Leitung.

"Ich denke, es liegt an dir. Wenn er dich gefragt hat, ist das deine Entscheidung."

"Wirklich?"

"Das ist deine Entscheidung, Cristina. Aber wenn er versucht hat, deinen Hintern in der Küche zu berühren, dann würde ich vorschlagen, dass du etwas von deiner berühmten scharfen Sauce auf seinen Kopf gießt."

"Natürlich", antwortete Cristina mit sarkastischer Stimme.

"Du scheinst etwas im Kopf zu haben."

"Nicht mehr. Danke Mama, du bist der Beste. Ich muss dich verlassen."

"Auf Wiedersehen, ich liebe dich."

"Ich liebe dich auch, Mama."

Der Anruf wurde beendet und Cristina lehnte sich in ihrem Stuhl zurück.

Sie dachte an Paul und den Orgasmus, den er an diesem Tag erhielt.

Er erinnerte sich noch lebhaft an die Gefühle.

Jede Berührung, jede Emotion.

Das Gefühl von Hartholz gegen Ihren Körper.

Das Gefühl von Pauls Hand an ihrer Muschi.

Und vor allem der Orgasmus.

Herrschaft war nie sein Ding, aber es fühlte sich gut an.

Er suchte online und suchte nach verschiedenen Begriffen.

Während ihrer Recherche fühlte sie sich wieder wie eine Studentin.

Er suchte mehrmals nach der Sklaverei und ihren Freuden.

Sie sah sich verschiedene Bilder an.

Das machte sie wieder an und er fuhr mit einer Hand über ihr Höschen.

KAPITEL 13

Am Montagmorgen.

Cristina bemühte sich, gut auszusehen, als sie zu Pauls Haus ging.

Sie trug ein blaues Kleid und ihre Haare waren gut gekämmt.

Paul achtete nicht besonders auf ihr Aussehen, als er die Tür öffnete, um sie hereinzulassen.

"Wir können reden?" Fragte Cristina. "Über das Geschäft meine ich."

"Natürlich."

"Großartig. Warte."

Cristina stellte das Essen in die Küche und ging in das geräumige Wohnzimmer, in dem Paul gesessen hatte.

Sie saß ihm gegenüber.

"Ich habe über das Wochenende viel nachgedacht", sagte er. "Über unsere Beziehung."

"Ich auch", sagte er und ließ sie ihre Gedanken nicht beenden. "Ich denke, wir sollten dies beenden. Mir ist klar, dass unsere Geschäftsbeziehung beeinträchtigt wurde. Ich habe bereits begonnen, nach einem Ersatz für meine Haushaltsbedürfnisse zu suchen."

Cristina erstarrte für einen Moment, als die Nachricht sie langsam überflutete.

"Was? Nein. Das wollte ich nicht."

"Ich denke, es ist das Beste", antwortete er. "Sie sind eine brillante junge Frau. Sie werden Ihren Platz in dieser Welt finden."

Der fassungslose Ausdruck blieb auf seinem Gesicht. ""

Das habe ich nicht erwartet. Ich dachte, unser Gespräch würde ganz anders werden. "

"Was hast du erwartet?"

"Ich bin hergekommen, um Ihnen zu sagen, dass ich daran interessiert war, weiterzumachen, wissen Sie, was wir letzten Freitag getan haben."

Er hob eine Augenbraue.

"Wirklich? Und warum willst du das?"

"Muss ich es wirklich sagen?"

"Ja."

Sie holte tief Luft.

"Natürlich arbeite ich gerne hier. Ich genieße die Vorteile. Ich denke, Sie sind ein großartiger Chef, das Beste, was ich haben konnte. Und was wir letzte Woche im Raum gemacht haben, hat mir sehr gut gefallen. Ich glaube, ich hatte zuerst Angst, aber ich habe viel nachgedacht. und es würde mir nichts ausmachen, wenn wir weitermachen würden. "

"Interessant."

"Also denkst du?" Sie fragte.

"Du bist nicht so schüchtern wie ich dachte. Ich hätte nie erwartet, dass du kommst und mir diese Dinge direkt sagst. Ich bin beeindruckt."

Sie lächelte, "Danke."

"Was soll als nächstes passieren?"

"Ich weiß nicht", er zuckte ungeschickt mit den Schultern. "Das liegt an Ihnen. Aber ich möchte, dass unsere Geschäftsbeziehung fortgesetzt wird."

"Sei mutig, Cristina. Sag mir, was als nächstes passiert. Genau in dieser Minute. Ich möchte wissen, was du vorhast. Überrasche mich."

Sie nahm ihren Mut zusammen und sah Paul entschlossen an.

Seine Lippen spannten sich und seine Nase zuckte leicht.

Ihre Augen waren auf Paul gerichtet, der stoisch war und darauf wartete, dass sie etwas Kühnes tat.

Cristina stand auf und bürstete ihr Kleid mit den Händen.

Seine Finger schlangen sich um die Träger ihres Kleides.

Sie schob die Träger beiseite und bewegte ihren Körper, sodass das Kleid auf den Boden fallen konnte.

Sie stand in ihrem weißen BH und Höschen vor Paul und hatte ihr wunderschönes Kleid um die Knöchel gewickelt.

"Was tun Sie?" er fragte ohne Emotionen.

"Ich zeige mein Engagement für die Arbeit."

"Vielleicht hast du mich falsch verstanden. Ich denke nicht, dass dies der richtige Weg für dich ist."

"Du sagst mir nicht, ich soll aufhören", antwortete sie. "Und ich höre dich auch nicht beschweren."

Pauls Augen wanderten über ihren leicht bekleideten Körper.

Sie war durchschnittlich gebaut, etwas dünn.

Kleine Brüste und schmale Hüften.

Es war klar, dass er selten trainierte, da sein Muskeltonus schwach war.

"Sie sind ziemlich attraktiv", sagte er.

Sie zog ihr Kleid aus und trat einige Schritte vor, bis sie direkt vor Paul stand.

"Hier ist der Deal", sagte er tapfer. "Der neue Deal. Ich werde Ihr exklusiver Anbieter sein. Ich werde auch Ihr Vorbild sein, wenn Sie denken, dass es notwendig ist. Sie können mich zum Abspritzen bringen, wenn Sie wollen. Wenn ich mich wirklich gut fühle, werde ich den Gefallen kostenlos erwidern."

Er hob eine Augenbraue.

"Wirst du den Gefallen erwidern?"

"Ich werde dich kommen lassen. Frei. Ich bin keine Prostituierte. Betrachten Sie es als einen Vorteil von einem dankbaren Empfänger."

"Klingt nach einer ungewöhnlichen Geschäftsbeziehung."

"Wir haben die Grenze sowieso schon überschritten", sagte er.

"Ich muss darüber nachdenken."

Cristina griff nach Pauls Handgelenk und legte ihre Hand auf ihr Höschen.

Er berührte die Außenseite ihres Höschens und rieb sich zwischen ihren Beinen.

"Denk schnell nach", sagte sie. "Andernfalls werde ich das Angebot zurückziehen."

Er lächelte halb.

"Die mutige neue Cristina. Ich mag sie."

"Ich auch."

Paul drückte seine Finger fester gegen Cristinas Höschen.

Sie stöhnte bei der warmen Berührung.

Sie stöhnte noch mehr, als Paul seine Hand in ihr Höschen schob und ihre nackte Muschi berührte.

Sie war aufgeregt und es gab keine Frage.

"Du bist nass", bemerkte er und sah sie an.

"Ich weiß."

"Zieh deinen BH aus. Lass mich dich sehen."

Cristina streckte die Hand aus, um ihren BH zu öffnen und warf ihn auf die Couch.

Ihre kleinen frechen Brüste wurden freigelassen.

Ihre Brustwarzen waren rosa und klein.

Sie wurden schnell durch die kalte Luft und die offensichtliche sexuelle Erregung verhärtet.

Sie widerstand dem Drang, ihre Brüste mit den Händen zu bedecken, weil sie sich auf seiner Brust immer unsicher gefühlt hatte.

Aber sie versuchte mutig zu sein und schob ihre Brust nach vorne.

"Du magst sie?" Sie fragte.

"Ich liebe die Brüste jeder Frau. Jede ist einzigartig und auf ihre Weise besonders. Ihre ist keine Ausnahme. Sie sind wunderschön."

"Danke meinem Herrn."

"Herr?" er fragte rhetorisch. "Ich denke du weißt was ich mag."

"Und was magst du?" sie fragte schüchtern.

"Eigentum."

"Oh ..."

Paul zog mit beiden Händen Cristinas Höschen zu Boden und ließ das Mädchen von Kopf bis Fuß völlig nackt zurück.

Er stand auf und nahm Cristina bei der Hand.

"Folge mir", sagte er. "Es gibt etwas, das ich dir zeigen möchte."

Er führte Cristina den Flur entlang, während er ihre Hand auf romantische Weise hielt.

Cristina war nervös, hielt aber mit ihr Schritt.

Sie wusste, dass sie in Richtung Bondage-Raum gingen.

Die Idee machte sie aufgeregt und nervös.

Die Tür war angelehnt und Paul öffnete sie.

Er machte das Licht an und sie gingen hinein.

Die Luft war kalt, was Cristinas Brustwarzen noch härter machte.

Ihr Blick wanderte um sie herum und sie fragte sich, was Paul geplant hatte.

"Sie haben neue Verantwortlichkeiten", sagte Paul. "Ich erwarte völligen Gehorsam. Ich warte immer nackt auf dich. Verstanden?"

"Ja ich verstehe."

"Beugen Sie sich über den Tisch", sagte er. "Auf deinem Bauch. Ich werde dich fesseln. Ich möchte, dass du wieder kommst."

"Jawohl."

Cristina sah einschüchternd auf den Tisch.

Es war eine andere Tabelle als die vorherige.

Aber es schien ebenso unangenehm und schmerzhaft.

Das Holz sah alt aus und der Metallrahmen auch.

Es hatte keinen Sinn, sich zu beschweren.

Sie tat, was ihm gesagt wurde und legte ihre nackten Brüste und ihren Bauch auf den Holztisch.

Es war unangenehmer als ich erwartet hatte.

Das Holz war kalt und juckte an ihren empfindlichen Brustwarzen.

Seine Augen schauten zu Boden.

Sie hörte Paul durch den Raum gehen, bevor sie sich ihr näherte.

"Ich werde dich fesseln", sagte er. "Entspanne deine Arme und Beine. Dies ist ein einfacher Vorgang, wenn du ruhig bist."

"Gut."

"Bist du sicher, dass du das willst?"

"Ja", antwortete sie.

"Warum?"

"Weil ich wieder kommen will."

Cristina erhielt keine Antwort.

Stattdessen spürte sie, wie Paul jeden ihrer Knöchel an den kalten Metallrahmen des Tisches band.

Es war unangenehm und ein bisschen beängstigend.

Jeder Knoten war sehr eng.

Das Seil war dick, was seine Haut verletzte.

Der gleiche Vorgang wurde an ihren Handgelenken durchgeführt.

Jede Puppe wurde auf die gleiche Weise an den Metallrahmen gebunden.

Als er fertig war, waren seine Knöchel und Handgelenke fest mit dem Tisch verbunden.

Sie hatte einen nackten Bauch und ihre Brüste drückten fest auf die Holzoberfläche.

Es war ein ziemlich schreckliches Gefühl zu wissen, dass sie Paul absolute Macht über ihren Körper gegeben hatte.

Sie war klar und völlig schutzlos.

Etwas traf seinen nackten Arsch.

Es fühlte sich hart an, aber gleichzeitig weich.

Ich war mir nicht sicher, was es war.

Dann spürte sie, wie Pauls Finger ihren Arsch berührten.

"Stört es dich, wenn ich dich so berühre?" fragte er und wusste die Antwort.

"Nicht."

"Gut. Ich mag deine Haut. Du bist sehr süß ..."

Pauls Hand streifte ihren Arsch und spürte jede Kurve.

Er massierte jedes ihrer Pobacken mit seinen starken Händen.

Dann spürte sie wieder, wie etwas Hartes ihren Hintern berührte.

Es hatte eine glatte gekrümmte Oberfläche.

"Was ist das?" Sie fragte.

"Es ist ein Vibrator. Hast du jemals einen benutzt?"

"Nicht."

"Möchtest du es fühlen?"

"Ich bin offen dafür."

"Gutes Mädchen."

Ein summendes Summen ertönte plötzlich im Raum und ließ Cristina einen Schauer über den Rücken laufen.

Seine Augen blieben auf den Boden gerichtet, als er dem Summen lauschte.

Ihr Körper zuckte heftig, als das Summen die Spitze ihres Kitzlers berührte.

Es war schmerzhaft, auf schlechte und auf gute Weise.

Sie versuchte, gegen sie zu kämpfen und gegen die Seile zu kämpfen, was nutzlos war.

Das Summen hörte auf.

"Sollen wir das beenden?" Ich frage.

"Nein, bitte nicht. Ich werde aufhören mich zu bewegen."

"Kontrolliere dich, Cristina."

Das Summen kehrte zurück, als der Vibrator wieder aktiviert wurde.

Er berührte ihren Kitzler und Cristina tat ihr Bestes, um still zu bleiben.

Er kämpfte gegen den Drang zu kämpfen, als er das Gefühl der Vibration gegen seinen empfindlichsten Bereich akzeptierte.

Es ließ seine Finger heftig kräuseln.

Er biss die Zähne zusammen, als sich sein Kiefer schloss.

Seine Fäuste ballten sich fest.

Das Letzte, was sie erwartet hatte, war, dass ihr Kitzler mit einem Vibrator gefoltert wurde.

Es summte und summte.

Die Spitze des Vibrators wurde gegen ihren Kitzler gedrückt, bis sie dachte, sie würde explodieren.

Kurz bevor sie vor Qual schreien wollte, bewegte Paul den Vibrator und schob ihn in ihre Muschi.

Es war ein surreales Gefühl.

Es war lange her, dass sie mehr als nur mit den Fingern in sie eingedrungen waren.

Die Vibration in ihrer Muschi war eine Mischung aus Schmerz und Vergnügen.

Paul schob und zog geschickt das Sexspielzeug.

Cristina tat ihr Bestes, um nicht zu schreien.

"Hast du Spaß damit?" er fragte scherzhaft.

Cristina schnappte nach Luft.

"Ich ... ich ... äh ..."

"Ja oder Nein?"

"Ja! Gott, ja."

Paul schob das Gerät weiter in Cristinas Fotze und ließ sie noch mehr nach Luft schnappen.

Er war fast außer Atem, als er vollständig in seinen Körper eindrang.

Seine Arme und Beine zerrten an den Seilen, aber ohne Erfolg.

Sie war mit dem starken Vibrator in ihrer feuchten Vagina gefangen.

"Du bist nah dran?" Ich frage.

Sie rang nach Worten.

"Ja fast..."

"Lauf für mich, Baby."

Der Vibrator wurde gnadenlos in Cristinas Fotze gedrückt und gezogen.

Sie versuchte, ihren Körper zu entspannen, was es ihr immer leichter machte, zum Orgasmus zu kommen.

Sie tat ihr Bestes, um ihre Vaginalmuskeln von der Dehnung zu entspannen, damit Paul seinen Weg finden konnte.

Ihr Orgasmus stand aufgrund des Vibrators unmittelbar bevor.

Und es war ein Orgasmus, wie ich ihn noch nie zuvor gefühlt hatte.

Gefesselt und verprügelt zu werden, während ein vibrierender Gegenstand in ihre Muschi stieß, war eine starke Kombination.

Cristinas Zehen bogen sich mehr und ihre Fäuste ballten sich fester.

Jeder Muskel in seinem Körper zog sich zusammen.

Sein Keuchen und Stöhnen wurde härter.

"Oh mein Gott ... Oh mein Gott ... Oh mein Gott ..."

Plötzlich wurde das Gerät auf eine höhere Geschwindigkeit umgeschaltet und die Vibrationen wurden viel stärker.

Cristina schrie bei der starken Vibration, als sie in ihre Muschi gedrückt und gezogen wurde.

Sie weinte.

Dann schluchzte sie unkontrolliert, als sie ihren Höhepunkt erreichte.

Eine Welle von Flüssigkeiten sprudelte aus ihrer Muschi, machte ein Chaos auf dem Tisch und ließ eine Pfütze auf dem harten Boden zurück.

Weitere Stöße kamen vom Kraftvibrator, bis die Flüssigkeiten aufhörten.

Paul entfernte den Vibrator von Cristinas Muschi, was ein lautes Summen verursachte.

Dann schaltete er es aus.

Als der Vaginalangriff endlich endete, war Cristinas Muschi ein tropfendes Durcheinander.

Seine Feuchtigkeit war wie ein kleiner Orgasmusfluss.

Ihre Muschi schimmerte von ihren Vaginalflüssigkeiten.

Der Tisch war nass.

Und die Flüssigkeiten fielen wie ein tropfender Wasserhahn zu Boden.

Cristina war kaum bei Bewusstsein, als sie langsam wieder zu sich kam.

Es war mit Abstand der beste Orgasmus, den sie jemals erlebt hatte.

Sie hörte Pauls Schritte, die sich ihrem Kopf näherten.

Paul beugte sich vor und küsste ihre Haare.

Sie fragte sich, warum Paul sie noch nicht losgebunden hatte.

"Wir sind ... wir sind ... fertig ...", brachte er zum Sprechen.

"Noch nicht. Erinnerst du dich an dein Versprechen?"

"Welcher von denen?" sie stöhnte.

"Du hast gesagt, wenn ich dich kommen lassen würde, würdest du den Gefallen erwidern. Wie hat sich dein Orgasmus angefühlt?"

"Ein ... verdammt ... unglaublich", platzte es heraus.

Paul lächelte sie an.

"Gutes Mädchen. Nun, hast du Lust, den Gefallen zu erwidern?"

"Ja, Sir. Wollen Sie mich losbinden?"

"Ich mag dich in dieser Position."

Cristina hörte das Öffnen von Pauls Hose.

Sie wusste genau, was Paul wollte.

Er stand immer noch neben ihrem Gesicht, was bedeutete, dass er nicht daran interessiert war, sie zu ficken, zumindest nicht an diesem Tag.

Er sah auf, als Paul sich seinem Gesicht näherte.

Sie sah, wie sein harter Schwanz direkt auf ihre Lippen zeigte.

Es war offensichtlich, was er wollte.

Mit einem lustvollen Herzen öffnete Cristina ihren Mund, als Paul einen weiteren Schritt nach vorne machte und in ihre Lippen trat.

Es gab keinen Gefühlsprozess und keine Zeit, sich anzupassen.

Paul schob einfach seine Hüften nach vorne, damit Cristina saugen konnte, wie es ein gutes U-Boot tun sollte.

"Mein Gott. Du hast Lippen wie ein Engel", sagte er, beeindruckt davon, wie er sich an seinem Schwanz fühlte.

Oralsex war nie Cristinas Sache.

Sie war nie sehr gut darin und es war nie ihre Präferenz, dies zu tun.

Aber mit Paul war sie bestrebt, ihm zu gefallen.

Besonders mit dem starken Orgasmusgefühl, das immer noch durch ihren Körper fließt.

Sein Mangel an Fähigkeiten war kein Problem, da sein Körper immer noch an den Tisch gebunden war.

Paul erledigte die ganze Arbeit und schob seine Hüften sanft hin und her.

Alles was er brauchte war ein warmer Mund zum Ficken.

Alles, was Cristina tun musste, war, ihre Lippen fest um Pauls hartes Glied zu halten und zu saugen.

"Verdammt, ich werde kommen", knurrte Paul. "Und du wirst es schlucken."

Sein Befehlssinn war für Cristina aus einem Grund aufregend, den sie nicht verstehen konnte.

Sie spürte, wie Pauls Hände ihre Haare rieben, als er saugte.

Sie spürte, wie sich sein Glied in ihrem Mund noch mehr versteifte.

Sie tat ihr Bestes, um ihre Zunge bei seinem Mitglied zu benutzen, was ihr immer gesagt worden war, fühlte sich gut an.

Sein Schwanz sank in ihren Mund, was sie zum Würgen brachte.

Der Würgereflex war schrecklich.

Aber Paul stellte sich vor, wie viel Cristina aufnehmen konnte, also drückte er nie zu stark.

Es war das Zeichen eines Profis, dachte sie bei sich.

Sie sah zu, wie Paul sich zum Orgasmus streichelte, während die Spitze seiner Erektion noch in ihrem Mund war.

Sie hielt ihre Lippen fest um ihn geschlossen.

Paul knurrte, als er sie wütend streichelte.

Sekunden später war ihre Zunge mit Pauls Sperma bedeckt.

Jet für Jet.

Es hatte einen anderen Geschmack.

Sie schluckte schwer, um zu verhindern, dass ihr Mund überlief.

Sekunden später hörte der Samenfluss auf und Cristina schluckte alles.

"OMG", sagte Paul und zog seinen Schwanz aus dem Mund. "Das war wunderbar. Wo hast du so saugen gelernt?"

Er bückte sich einen Moment, bevor er aufstand, um seine Hose zu schließen.

Dann bückte er sich, um Cristina zu lösen.

Als sie freigelassen wurde, streichelte sie ihre eigenen Handgelenke und Knöchel, die dunkelrote Markierungen hatten.

Sie merkte schnell, dass sie immer noch völlig nackt war und sich nicht mehr darum kümmerte.

Sie war gern nackt vor Paul.

"Ich habe die ganze Erfahrung wirklich genossen", stellte er zuversichtlich fest.

Paul berührte ihren Nacken und küsste sie auf die Stirn, dann mehr auf ihre Wangen.

Schließlich drückte er ihr mehrere Küsse auf die Haare.

"Ich auch. Unser Verein wird sehr gut funktionieren. Denken Sie an alle Möglichkeiten, die wir gemeinsam teilen können."

"Ich weiß."

"Du bist wie ein Schmetterling, der vor meinen Augen wächst", sagte er.

"Es ist alles deine Schuld", lächelte er. "Nun, wenn Sie mich entschuldigen, ich habe etwas ganz Besonderes zum Mittagessen gemacht. Sie werden es lieben. Ich bin sicher, Sie haben Appetit gemacht, also mache ich es jetzt besser."

Cristina stand auf und ging nackt zur Tür.

Es gab Vertrauen in seinen Gang.

Sie liebte es, nackt zu sein.

Es hat Spaß gemacht.

Flüssigkeiten tropften über ihre Beine.

Der Geschmack von Sperma war immer noch in ihrem Mund.

Dann blieb sie stehen, als sie die Tür erreichte, und drehte sich zu Paul um, stolz auf seinen nackten Körper.

Sie sagte ihm, er solle sich keine Sorgen um das Chaos im Raum machen, sie würde es später aufräumen.

Es war Teil seiner neu entdeckten Pflichten.

ENDE

UNTERWÜRFIGER CHEF 2
DER MEISTER CHEF

MICHAEL

83

KAPITEL I

Seit sie klein war, wusste sie, dass sie Koch werden wollte.

Ich habe wirklich hart gearbeitet, um diesen Traum zu verwirklichen, und ich hatte endlich alles, was ich jemals wollte, als ich Paul Mahlzeiten servierte, er mich empfahl und ich die Position eines Küchenchefs in einem der besten Restaurants in New York bekam.

Aber das Erreichen der Spitze hatte seine Nebenwirkungen auf mein persönliches Leben.

Mit 28 habe ich sehr wenige Freunde und obwohl ich ein paar Freunde hatte, hatte ich mit keinem ernsthafte Liebesinteressen.

Ich traf Michael und seinen älteren Bruder Tony auf einem örtlichen Bauernmarkt, zu dem ich oft gehe.

Sie besaßen gemeinsam einen Imbisswagen und hingen jede Woche auf dem Bauernmarkt ab.

Ungefähr ein Jahr nach dem Treffen wurde Tony eine Position als Küchenchef in einem lokalen Restaurant angeboten, und Michael wollte den Imbisswagen nicht alleine lassen.

Ein Koch aus meinem Restaurant ist kürzlich gegangen, nachdem er eine weitere Chance bekommen hatte.

Also stellte ich Michael ein, um ihn zu ersetzen.

Wir haben von Anfang an sehr gut zusammengearbeitet.

Wir haben es geschafft, eine Arbeitsbeziehung aufrechtzuerhalten, obwohl ich sehr von ihm angezogen war.

Die meisten Leute würden sagen, dass Michael normal aussah.

Ich fand es jedoch wunderschön.

Michael ist ungefähr zwei Meter groß und wog vielleicht 85 Kilo.

Er hat kurze, unordentliche schwarze Haare.

Er trägt die ganze Zeit einen Halbbart und hat wunderschöne haselnussbraune Augen.

KAPITEL II

Nachdem Michael, ich und einige andere aus dem Restaurant das Restaurant für die Nacht geschlossen hatten, gingen sie oft aus, aßen zu Abend und tranken Wein, um sich nach einem langen Arbeitstag zu entspannen.

Er ist wirklich lustig.

Ich hoffe, ich kann es loslassen, wenn es soweit ist.

Michael und ich schlichen uns ab und zu zum Laufen, wenn wir konnten.

Ich liebe es mit ihm zu laufen.

Er ist oft ohne Hemd und sein Schweiß glüht auf seinem Körper.

Ich denke, ich würde gerne meine Zunge über ihren verschwitzten Körper fahren.

Ich stelle mir die beiden heiß und verschwitzt vor, während wir ficken.

Aber ich musste diese Gedanken abschütteln und mich auf das Laufen konzentrieren, nicht auf ihn.

Ich konnte mich nicht in eine Beziehung mit jemandem einmischen, mit dem ich arbeite und der auch mein Angestellter ist.

Wie auch immer, ich weiß nicht, ob es dir gefallen würde.

Ich bin 1,65 Jahre alt, wiege ungefähr 60 Kilo, habe schulterlanges, welliges Haar, einige Muttermale und trage jetzt eine schwarze Brille.

Auf keinen Fall bin ich zu dünn, ich mag süß sein, aber ich bin nicht schön.

Ich bin nicht das, was man den Traum eines jeden Mannes nennen würde, zumindest habe ich mich so gesehen.

Eines Tages machten wir uns für das Abendessen fertig und Michael war zu nett zu mir.

Wir haben immer Spaß gemacht und hatten eine gute Zeit im Restaurant, aber heute Abend war es anders.

Die ganze Nacht fand er Gründe, mich übermäßig zu berühren.

Wenn er etwas brauchte, das neben mir war, anstatt zu Fuß zu gehen, kam er hinter mich und streichelte meinen Arsch.

Als ich mit einem anderen Koch sprach, der vor mir auf der Station arbeitete, trat er hinter mich und war so nah, dass ich die Hitze seines Körpers spüren konnte.

Ich konnte ihn tief atmen hören, als er meine Haare roch.

Ich konnte seinen Atem an meinem Hals spüren, der Schauer durch meinen Körper schickte.

Ein anderes Mal suchte ich etwas auf den hohen Felsvorsprüngen, was ein häufiges Problem für kleine Mädchen wie mich ist, und er trat hinter mich, um mir zu helfen, und rieb seinen Schritt an meinem Hintern.

Zu der Zeit war sie sich nicht sicher, was mit ihr passiert war.

Aber ich habe es genossen.

Ich stellte mir vor, dass er mich dort in der Küche gezwungen und mich von hinten gefickt hat.

Ich dachte nur, das machte mich nass.

Ich versuchte ihn nicht erkennen zu lassen, dass ich es fühlte und betete, dass niemand anderes es bemerken würde.

Ich musste die Kontrolle über die Küche behalten, und je mehr es mich berührte, desto schwieriger wurde es, mich darauf zu konzentrieren, diese Gerichte zum richtigen Zeitpunkt beim Abendessen herauszubringen.

Ich habe es geschafft, durch den Service zu kommen, mit allem, was gut und pünktlich serviert wurde.

KAPITEL III

Wir machten für die Nacht Schluss und Martin, ein Geschirrspüler, kam heraus und ließ Michael und mich zurück, um die Reinigung zu beenden.

Mein Kopf schwankte nach einem so geschäftigen Gottesdienst und um das Ganze abzurunden, hatte Michael die ganze Nacht seine Hände und seinen Schritt an mir.

Ich fragte mich, worum es überhaupt ging.

Er war noch nie so körperlich mit mir.

Wir scherzen und necken, aber niemals etwas Körperliches.

Wir waren für die Nacht fertig und machten uns auf den Weg, um andere Mitarbeiter und Köche an unserem Lieblingsplatz zum Abendessen zu treffen und nach der Arbeit abzuhängen.

Wir gingen normalerweise nur dorthin, da es nur ein paar Blocks entfernt war.

Ich schloss die Tür und wir gingen die Gasse entlang und ich fühlte, wie Michael seine Hand auf meinen Rücken legte, während wir uns unterhielten.

Das ist in Ordnung, dachte ich, hier ist nichts schädlich.

Er kümmert sich wahrscheinlich nur um mich.

Wir gingen weiter und seine Hand bewegte sich tiefer zu meinem Hintern und drückte.

Ich drehte mich um und schrie ihn an.

"Michael, was machst du? Du hast die ganze Nacht deine Hände auf mich gelegt! Ich habe versucht, es zu ignorieren, weil ich dachte, du würdest aufhören oder vielleicht hast du nicht bemerkt, was du tust. Aber das ... das ist es schon offensichtlich".

Ich sagte es sah ihn mit meinem besten Blick von jetzt an, du musst mir antworten.

Michael sah sich um, als wollte er die Worte finden, um sein Verhalten zu erklären.

Dann sprach er endlich.

"Cristina ... ich habe dich gemocht, seit wir uns auf dem Bauernmarkt getroffen haben. Aber ich konnte nie den Mut haben, es dir zu sagen. Ich hätte nicht gedacht, dass du einem Kerl wie mir eine Chance geben würdest." Erklärte Michael.

Ich unterbrach ihn und fragte ihn:

"Also hast du gedacht, du könntest mir sagen, dass du an mir interessiert bist, indem du meinen Arsch drückst?"

"Ich weiß, aber ich habe gehört, dass du eine unterwürfige Seite hast, Cristina. Es tut mir leid, dass ich deinen Hintern gestreichelt habe." Er machte eine Pause und fuhr dann fort: "Und heute Morgen in unserem Lauf wirkten Sie so geil, dass ich alles brauchte, um Sie an einen abgelegenen Ort im Park zu bringen und Sie genau dort zu ficken. Ich denke die ganze Zeit an Sie." ""

Ich war geschockt.

Michael denkt an mich und hat Sex mit mir?

Hast du bemerkt, dass ich unterwürfig bin und Herrschaft mag?

Wie kann es sein?

Er findet mich sexy und will mich ficken?

Und nach all der Zeit erzählst du mir das so?

Ich habe die gleichen Gefühle für ihn versteckt, weil ich Angst vor Ablehnung hatte und er Angst hatte, es auch zu tun.

Ich fühlte mich in seiner Aussage verloren, aber ich fühlte mich auch befreit.

Können wir das machen?

Michael zog mich dann näher an sich und sah mir in die Augen.

Es war, als würde er Akzeptanz und Zustimmung suchen.

Sein Mund sah so üppig aus, seine Augen brannten tief in meine Seele.

Dann passierte es.

KAPITEL IV

Michael legte seine Hand in meine Haare und zog mich noch näher und küsste mich.

Es war lang, hart, leidenschaftlich und sehr heiß.

Ich zog mich zurück und fühlte mich schwach vor Aufregung.

Ich konnte fühlen, wie mein Herz pochte.

"Michael, ich wollte das schon so lange. Ich mochte dich auch von dem Moment an, als wir uns trafen und ich dachte nicht, dass du mir eine Chance geben würdest. Dann wurden wir so gute Freunde, dass ich das nicht ruinieren wollte." Sagte.

"Cristina, während dieser Zeit der Zusammenarbeit habe ich gesehen, wie Sie die Verantwortung in der Küche übernehmen, Sie fordern Respekt und das Personal gibt es Ihnen, weil Sie es verdienen. Jeder liebt Sie. Sie sind die Königin der Küche. Sie sind ein perfekter Domme. Sie sind Ich liebe die Art, wie du deine Haare hinter deine süßen kleinen Ohren steckst. Ich liebe die Art, wie du für dich selbst singst und tanzt, wenn du nicht denkst, dass jemand in der Nähe ist oder zuhört. "

Michael flehte.

"Bitte denk nicht so wenig an dich. Weil ich das nicht denke."

Dann, bevor ich wusste, was er tat, zog ich ihn zu mir und wir küssten uns wieder.

Unsere Hände waren aufeinander.

Ich konnte es nicht mehr ertragen.

Ich liebte ihn.

Ich brauchte es

JETZT!!

Als wir uns küssten und berührten, zog Michael mich gegen die Rückseite des Gebäudes.

Er zog den Mantel meines Küchenchefs aus, als er mich küsste und mein Ohr und dann meinen Hals leckte.

Seine Hände gingen zu meiner Hose hinunter und er öffnete sie und öffnete sie langsam.

Ich legte meine Hände auf seine Schultern, um mich zu stabilisieren.

Er kniete nieder und als ich meine Hose auszog, küsste er meinen Bauch, bis zu meinen Hüften, dann meine inneren Schenkel.

Schließlich zog er meine Hose aus und warf sie zusammen mit meinem Mantel.

Mein Verstand ging tausend pro Stunde, mein Herz schlug schnell.

Er konnte nicht glauben, dass dies endlich passieren würde.

Und von allen Orten, die es sein konnte, war es hinter dem Restaurant und in einer dunklen Gasse.

Aber es kümmerte mich nicht mehr.

Ich wollte unbedingt Michael in mir haben.

Meine Muschi fing an zu pochen und nass zu werden.

Michael sah mich dann mit wilden Augen an und sagte:

"Bist du dir bei dieser Cristina sicher? Wir können jederzeit aufhören. Sag es mir einfach, okay?"

Ich versuchte zu Atem zu kommen und versicherte ihm:

"Ich war mir noch nie in meinem Leben so sicher."

KAPITEL V

Er begann meine inneren Schenkel zu küssen.

Hinterlässt eine Spur von sanften und zarten Küssen.

Als er zu meiner nassen Muschi kam, holte er tief Luft und ich konnte ihn lächeln sehen.

Er legte seine Finger unter mein rotes Höschen und schob sie nach unten, um sie aus dem Weg zu räumen, was ihn darunter erwartete.

Dann fing er an, meine ganze Muschi zu küssen, berührte sie aber noch nicht.

Mir wurde klar, dass er Spaß daran hatte, sich über mich lustig zu machen.

Schließlich, nach ein paar Minuten, steckte er seine Zunge zwischen die Falten meiner feuchten Muschi und leckte die Säfte ab, die ihn erwarteten.

Ich legte meine Hände in seine Haare und er hob mein Bein über eine seiner Schultern, um den Zugang zu erleichtern.

Es fühlte sich so gut an.

Er verschlang meine Muschi.

Er begann einen Rhythmus, in dem er zuerst an meinem Kitzler saugte und dann mit seiner Zunge mein Analloch fickte und dann von meinem feuchten Loch zu meinem Kitzler leckte und von vorne anfing.

Er tat es immer und immer wieder.

Es fühlte sich so gut an.

Ich wollte, dass er seine Zunge und Finger in meinen Anus steckte.

Lassen Sie ihn mich gegen die Wand stellen und mich hart zwingen, indem er seinen Schwanz von hinten steckt.

Aber ich wurde noch nie so gegessen.

Michael war sehr gut und ich habe jede Minute genossen.

Ich wusste nicht, wie viel ich noch aushalten konnte, bis ich kam.

Dann steckte er einen Finger in mich und schob ihn hinein und heraus, während er an meinem Kitzler saugte.

Dies dauerte noch ein paar Minuten.

Und ich konnte es nicht mehr ertragen.

"Michael, ich werde kommen, wenn du nicht aufhörst!"

Er hörte nicht auf, er war unerbittlich.

Mir wurde klar, dass er wollte, dass ich komme.

Also habe ich mich endlich gehen lassen.

"Aaahhhh, fick Michael!" Ich stöhnte, als ich über sein ganzes Gesicht lief.

Mein Körper krampfte sich zusammen, als Wellen des Vergnügens mich überfluteten.

Michael verschwendete keinen Tropfen meiner Säfte, als er sich an mich klammerte.

Als er aufstehen wollte, um mich einzuholen, küsste er sich zurück zu meinem Bauchnabel und schälte dann langsam mein schwarzes Leibchen ab.

Ich wurde nervös, dass uns jemand zuhören würde.

Ich schaute in beide Richtungen, sah aber niemanden.

Ich hatte meinen roten BH bereits entfernt.

Meine C-Cup-Brüste passen perfekt in seine warmen Hände, als er sie drückte.

Er fing an, an meinen aufrechten Brustwarzen zu saugen.

Hin und wieder biss er sie leicht und sandte einen Strahl der Freude an meine Muschi.

Er arbeitete an meinen beiden Brüsten, während ich an seinem Rücken und seinem schönen Arsch kratzte.

Ich weiß nicht, warum wir so lange gewartet hatten, um uns zu erzählen, wie wir uns fühlten, und jetzt sind wir in einer dunklen Gasse und machen uns bereit zum Ficken!

Das wurde mir zu viel, also zog ich ihn an mich und küsste ihn.

Er konnte mich in seinem Mund schmecken.

Es war süß und es fühlte sich sehr schmutzig und aufregend an, meine Säfte damit zu genießen.

Ich begann mich in der Umarmung zu verlieren.

Ich hatte das Gefühl, dass unsere Seelen auf eine Weise verbunden waren, die ich noch nie zuvor mit jemandem gefühlt hatte.

Er unterbrach meine Gedanken, drehte mich plötzlich um und stellte mich vor die Mauer.

Ich steckte meinen Hintern in seinen Schritt und bat ihn, das zu tun, was er am meisten wollte.

Er spreizte meine Beine und knöpfte seine Hose auf.

Ich konnte fühlen, wie er seinen großen pochenden Schwanz an meinem Arsch auf und ab und dann in meine Muschi rieb.

Anhalten bei der Eröffnung meines Geschlechts.

"Michael, bitte nimm mich jetzt von hinten!" Ich bat ihn.

"Willst du das Hure? Cristina, sag mir, bitte mich, dich in den Arsch zu ficken."

Er fing langsam an, die Spitze seines Schwanzes in mein enges Loch zu tauchen und seinen Finger mit meinen Säften zu benetzen, dann kam er wieder heraus.

Verspottet mich.

Sein Mangel an Respekt machte mich an wie nie zuvor.

"Ja, bitte, Herr. Fick mich. Fick mich hart. Sehr hart." Sagte ich als ich mich ein bisschen umdrehte und ihn ansah.

Seine Augen waren für mich voller Leidenschaft und Lust.

Plötzlich krachte er sofort gegen mich.

Gib mir alles, was er hatte, die acht Zoll in meinem Arsch!

Es fühlte sich so gut an.

Ich konnte nicht glauben, wie groß und schmerzhaft es sich in mir anfühlte.

Fülle mich komplett aus.

"Aaahhhh fick! Yeah yeah yeah! Gib es mir! Härter! Fick mich härter! Verprügel mich!"

Er fing an mich auf das Gesäß zu schlagen, als er mich fest gegen die Wand drückte.

Sein Schwanz glitt fast vollständig in meinen Anus von dem starken Stoß, den er mir gab.

Dann fing er an, es herauszuziehen und ließ nur seinen Kopf drinnen und er krachte wieder gegen mich.

Er tat es mehrmals.

Jedes Mal tat es weniger weh und das Vergnügen wurde immer unglaublicher.

Ich lehnte meine Arme an die Wand, damit ich ihn weiterhin mit dieser Kraft halten konnte.

Während er meine Taille mit einer Hand und meine Schulter mit der anderen hielt, fickte er mich weiter hart.

Dann wurde er langsamer und wir begannen einen Beat.

Ich wich zurück und fand jeden seiner Stöße.

Es war hypnotisch und es fühlte sich großartig an.

Dann nahm er seine Hand von meiner Schulter, berührte meinen Kitzler und fing an zu arbeiten, während er weiter meinen Arsch fickte.

Ich hatte das Gefühl, ich würde wiederkommen.

Aber er musste gespürt haben, dass meine Muskeln angespannt waren und stehen geblieben sind.

"Du kannst immer noch nicht kommen, Schlampe, ich möchte diesmal mit dir kommen, Cristina."

Michael flüsterte die obszönen Worte in mein Ohr, als er seinen großen Schwanz aus meinem erweiterten Anus zog.

Dann kniete er nieder und begann meinen Hintern zu küssen, beginnend am Anfang meines Arsches und endend an meinem erweiterten Loch.

Das hat mich überrascht.

Keiner meiner früheren Freunde oder Firmen, so wenige wie sie waren, hatte jemals versucht, meinen Arsch zu küssen.

Aber ich hatte mich immer gefragt, wie es sich anfühlen würde.

Jetzt habe ich meine Chance.

Er übernahm die vollständige Kontrolle über meine Muschi und meinen Hintern.

Den Anus mit der Zunge bearbeiten, dann einen Finger stecken, dann zwei.

Langsam nahm sie sich Zeit, um es für ihn vorzubereiten.

Er hob die Hand und begann mit meinem Kitzler zu spielen.

Meine Knie wurden schwach.

All diese Anregungen fühlten sich großartig an, aber sie waren auch überwältigend.

"Michael, bitte! Ich werde nicht mehr viel davon ertragen können. Gib mir was du hast und lass mich kommen!" Fragte ich ihn und schnappte vor Geilheit nach Luft. "Aber mach es schwer, ich möchte, dass du mich dominierst. Mach mit mir, was du willst."

Michael sah mich ehrfürchtig an und gab mir, was ich wollte, was wir beide wollten.

Zuerst steckte er seinen Schwanz in meine feuchte Muschi, um ihn wieder zu schmieren.

Und dann konnte ich es wieder in meinem Loch fühlen. Schnell schob er seinen Kopf und ohne darauf zu warten, dass ich bereit war, stellte er sein gesamtes Mitglied in mich vor. Es tat schon sehr weh, aber verdammt, es fühlte sich super gut an.

Er fühlte mich angespannt und begann schnell hin und her zu schaukeln, was mir jedes Mal mehr Tiefe gab.

Stärker, wilder.

Es war super heiß.

Ich hatte Lust, wieder zu verprügeln und mich jedes Mal zu schlagen, wenn er seinen großen Schwanz in mich schob.

Es fühlte sich exquisit an!

Sie spürte, wie ich mich mehr anspannte und fing an, mich noch härter zu ficken.

Er hielt meine Taille mit beiden Händen fest und glitt tiefer und tiefer in mich hinein, bis ich spürte, wie seine Eier meine feuchte Muschi trafen.

Es fühlte sich so gut an.

Wir haben die Geschwindigkeit erhöht und es hat alles gekostet.

Ich fühlte mich so voll.

Er schlug meinen Arsch bestraft und immer wieder gerötet.

"Ooooohhhh ... Aaahhhh ... Fick Michael ... was für einen harten Schwanz du hast. Es fühlt sich so gut an, bitte hör nicht auf." Ich bat ihn.

"Schlampe, ich habe nicht vor, bald aufzuhören. Du fühlst dich zu gut und ich habe lange darauf gewartet. Ich werde dich ficken, bis du ohnmächtig wirst." Ne flüsterte Michael als er mich noch einmal verprügelte.

Aber seine Worte waren der Auslöser.

Er fing an mich noch härter zu ficken und wieder mit meinem Kitzler zu spielen.

Ich konnte einfach nicht länger warten und fing an hart zu kommen.

Aus meinem Mund kamen Worte, von denen ich nicht einmal sicher bin, ob sie kohärent sind.

Ich konnte fühlen, wie er schneller pumpte und sein Schwanz in meinem Arsch anschwoll.

Dann ließ er seine Ladung auf meinen Arsch fallen und füllte ihn.

Dann sickerte es aus meinem Hintern und mischte sich mit meinen Säften, die über meine Schenkel liefen.

Er pumpte noch ein paar Mal und achtete darauf, alles in mir zu lassen.

Mein Körper drehte sich vor exquisitem Vergnügen.

Als wir beide unsere lang erwarteten Orgasmen genossen hatten, fielen wir zu Boden.

Ich saß dort auf seinem Schoß, drehte mich um und versuchte sein Gesicht zu küssen.

Er sah mir in die Augen und ich in seine schönen haselnussbraunen Augen.

Beide ungläubig darüber, was wir gerade getan haben.

Er rutschte langsam von meinem Hintern.

KAPITEL VI

Nach einer Weile legte Michael meine Haare hinter meine Ohren und sagte:

"Cristina, es tut mir so leid, dass ich so lange gebraucht habe, um dir zu sagen, wie ich mich fühle. Aber ich bin froh, dass du das gleiche für mich fühlst. Ich habe das für niemanden so sehr empfunden wie für dich."

Als mir die Tränen über das Gesicht liefen, sagte ich das Einzige, was ich konnte, da ich mich noch nie so glücklich und verständnisvoll gefühlt hatte.

"Ich fühle das gleiche!"

Wir saßen noch ein paar Minuten da und umarmten uns, bis wir jemanden die Gasse herunterkommen hörten.

Wir beeilten uns, uns anzuziehen und rannten in die andere Richtung, bevor uns jemand sehen konnte, und brachen vor Lachen aus.

Als wir im Restaurant ankamen, um mit unseren Freunden abzuhängen, waren alle schon sehr aufgeregt.

Sie fragten, wo wir gewesen seien und wir hatten eine Entschuldigung.

Ich glaube nicht, dass sie das große alberne Lächeln auf unserem Gesicht bemerkt oder gemerkt haben, dass wir uns gründlich gefickt hatten.

Ich kann es kaum erwarten, zu Michael nach Hause zu kommen, um es wieder so schwer zu machen.

ENDE

UNTERWÜRFIGER CHEF 3

105

LYDIA

KAPITEL I

In den letzten Wochen war alles ein Wirbelwind.

Vor ein paar Wochen habe ich nur in meiner Fantasie mit Michael gefickt.

Aber seit Michaels erster sexueller Begegnung mit mir in der Gasse hinter dem Restaurant hatte sich alles geändert.

Was einst nur in meinen Träumen geschah, war jetzt im wirklichen Leben viele Male passiert.

Neben dem erstaunlichen und dominierenden Sex fühle ich mich durch Michael besonders, schön und gewollt wie nie zuvor.

Ich komme aus einer großartigen Familie, die mich sehr liebt.

Aber sie müssen mich lieben und mir sagen, dass ich schön bin.

Michael muss es nicht sagen!

Er stellt sicher, dass er weiß, dass ich ein besonderes Mädchen für ihn bin.

Michael und ich verbringen so viel Zeit wie möglich zusammen.

Wir schlafen fast jede Nacht in der Wohnung des anderen.

Eigentlich ist er gerade hier in meinem Haus.

Er schläft immer noch in meinem Bett.

Wir hatten eine lange und geschäftige Nacht im Restaurant.

Wir überspringen es danach, miteinander auszugehen, wie wir es normalerweise tun.

Wir haben es auch geschafft, unsere Romantik bei der Arbeit und mit unseren Freunden und unserer Familie zu verbergen.

Ich hatte nicht vor, eine Beziehung zu jemandem zu haben, mit dem ich zusammenarbeite.

Ich möchte sicher sein, dass dies funktionieren wird, bin mir aber nicht sicher, wie sich dies auf meine Autorität als Küchenchef auswirken könnte.

Ich möchte nur vorsichtig sein, bis wir bereit sind, dass jeder es weiß.

KAPITEL II

Es ist acht Uhr morgens und ich mache ihn seit seiner Kindheit zu seinem Lieblingsfrühstück, nur mit einer persönlichen Note.

Dazu gehören Pfannkuchen mit Bananen, Ananas und Walnüssen, Schlagsahne und Hot Dogs.

Und ich habe Kaffee gemacht.

Alle Gerüche vom Frühstück mischen sich in der Luft, so dass es hier so gut riecht!

Ich trage natürlich nur sein Hemd und meine Brille.

Meine Haare sind ein Durcheinander aus unserer letzten Nacht des großen Fickens, aber ich habe versucht, sie mit meinen Fingern ein bisschen zu zähmen.

Ich habe meine Lieblingsband auf Spotify

Einer meiner Lieblingslieder spielt in der ganzen Küche.

Ich schwanke von einer Seite zur anderen und verliere mich in den herzzerreißenden Texten des Songs.

"Du weißt nur, was ich will, dass du es weißt. Ich weiß alles, was ich nicht wissen soll. Dein Mund ist Gift, dein Mund ist wie Wein. Du denkst, deine Träume sind die gleichen wie meine ... Oh, ich weiß nicht. Nein Ich liebe dich, aber morgen werde ich. Oh, ich liebe dich nicht, aber in Zukunft werde ich ... "

"Was kann ein Mann mehr als erstes am Morgen verlangen?" Sagt Michael hinter mir und überrascht mich. "Frühstück, Kaffee und ein sexy Mädchen in meinem Hemd", dann pfeift er mich an.

Ich drehe mich um und sehe Michael in seiner schwarz-grauen Hose und einem wandernden Gesichtsausdruck in der Küchentür stehen.

Seine Augen leuchteten wie Feuer, voller Lust.

Ihre weichen, üppigen Lippen teilten sich leicht und waren bereit, verschlungen zu werden.

Ich kann seine lustige Ausbuchtung sehen, die zu einem köstlichen Ort führt, den ich sehr gut kennengelernt habe.

Mein Mund wurde trocken, als ich ihn so göttlich sah.

"Bist du bereit? Wow, ich bin so hungrig." Sagt er mit einem teuflischen Lächeln im Gesicht.

Er schmeckt gut nach dem, wonach ich gerade hungrig bin und es ist kein Essen.

Und zwei können dieses Spiel spielen.

"Wenn du über Frühstück sprichst, dann ja." Ich sage es ihm, als ich mich umdrehe und anfange, unsere Teller und Tassen Kaffee zuzubereiten. "Hast du gut geschlafen? Ich weiß, dass ich es getan habe. Ich habe immer besser geschlafen, wenn du in meinem Bett bist. Besonders nach gutem Sex!"

"Also machst du es? Dann musst du letzte Nacht wirklich gut geschlafen haben." Er sagt es mir mit einem Augenzwinkern und einem krummen Lächeln.

Wow, ich liebe ihren Mund und die Dinge, die sie damit macht.

Ich gehe zur Kücheninsel, auf der Michael gesessen hat, und sitze mit ihm auf unseren Kaffee, dann auf unsere Teller mit Pfannkuchen und Würstchen.

Als ich mich setzte, achtete ich darauf, ihn leicht mit meinem Hintern zu berühren.

"Ich habe letzte Nacht wirklich sehr gut geschlafen, vielen Dank. Jetzt iss, mein hungernder Mann!"

Wir saßen nebeneinander und berührten uns von Zeit zu Zeit leicht.

Ich nahm einen Finger und zog ihn über die Schlagsahne, die meine Pfannkuchen bedeckte, leckte ihn langsam ab und beobachtete ihn die ganze Zeit.

Ich konnte sehen, wie er sich unruhig bewegte und ich wusste, dass ich zu ihm kam.

Michael versuchte es jedoch zu verbergen.

Ich nahm eines meiner Wurststücke und begann, den Saft daraus zu saugen.

Ich genoss jeden verlockenden Moment, ihn zu ärgern.

Dies dauerte noch ein paar Minuten, bis Michael es nicht mehr aushielt.

Michael stand auf und drehte mich auf meinem Hocker herum, damit er zwischen meinen Beinen stehen und tief in meine Augen schauen konnte.

Ich konnte sehen, dass er sehr aufgeregt war.

Seine Erektion prallte seine Pyjamahose aus und er kam meiner jetzt nassen Muschi immer näher.

Er hebt seine Hand zu meinem Gesicht.

Ich dachte, er würde meine Haare hinter mein Ohr stecken, wie er es normalerweise tut, bevor er mich küsste.

Ich war überrascht, dass er sich weiter vorwärts bewegte.

Er beugt sich zu mir, nimmt etwas Schlagsahne von meinen Pfannkuchen und führt seine Fingerspitzen zu meinem Mund.

"Öffne es", fordert Michael.

Er ist höllisch heiß, wenn er dominant ist.

Ich öffne meinen Mund und er schiebt seinen Finger.

"Jetzt saugen." Er fährt mit seiner strengen Stimme fort.

Ich mache was er mir sagt und ich fange an seinen Daumen zu lecken und zu lutschen.

Es schmeckte süß.

Michael fuhr mit seiner anderen Hand über meinen Oberschenkel.

Jedes Mal kam er meiner immer schmerzhafter werdenden Weiblichkeit immer näher.

Er legt mehr Schlagsahne auf seinen Finger.

Diesmal legte er es unter mein Ohr, dann leckte er es mit seiner so weichen Zunge.

"Hebt eure Arme". Michael sagt es mir.

Wieder mache ich was er verlangt.

Dann zieht er das Hemd aus meinen Armen und wirft es irgendwo beiseite.

Mich völlig ausgesetzt zu lassen.

Meine C-Cup Brüste sind jetzt nackt und meine Brustwarzen verhärten sich, als die kühle Luft vom Deckenventilator sie streichelt.

Er setzt weiterhin Schlagsahne auf mein Schlüsselbein, wo ich mich mit ein paar kleinen fliegenden Vögeln tätowieren lasse.

Dann leck die Schlagsahne und küsse dann jeden Vogel.

Das bringt mich zum Lächeln.

Dann kommt Michael zu meinen prallen weißen Brüsten.

Er nimmt sich Zeit, um jede Brustwarze zu necken, nacheinander zu lecken und zu saugen.

Sein Mund auf meinen Brüsten fühlt sich exquisit an und ich fange an zu stöhnen, wenn er sie sanft beißt.

Er reibt weiterhin sanft seine Hände an meinen inneren Schenkeln, was mir Gänsehaut am ganzen Körper verleiht.

Dann packt er mich um die Taille und hebt mich zur Theke.

Er muss irgendwann meinen Teller bewegt haben, das habe ich gar nicht gemerkt.

Dann legt sie wieder Schlagsahne auf ihren Finger.

Er gibt mir einen sanften Kuss.

Ich taumle bei dem Gedanken, wohin der Finger diesmal geht.

Dann schiebt er es langsam in meine enge heiße Muschi.

Er scherzt jedoch sehr über dieses Spiel.

Es braucht die ganze Kraft in mir, um nicht die Kontrolle zu verlieren.

Aber am Ende erlag ich seinem Rhythmus und erlaubte ihm einfach, meine Muschi zu masturbieren.

Ich verwickle meine Hände in seinen Haaren, während Michael weiterhin mit seiner Zunge in meinen Mund eindringt.

Ich fange an zu beißen und an ihrer Unterlippe zu ziehen.

Ich höre ihn stöhnen.

Michael gleitet mit einem anderen Finger und beginnt schneller zu pumpen und benutzt seinen Daumen, um an meinem Kitzler zu arbeiten.

Das ist unglaublich!

"Michael! Das fühlt sich so gut an. Ja ... Weiter so." Ich bat ihn.

Ich nehme eine meiner Hände und fahre langsam mit meinen Fingerspitzen über seinen Nacken, seine Schulter und seine Brust.

Verfolge meine Hand weiter auf diesem Weg.

Auf diesem sexy Weg, der mich zu dem Ort führt, den ich liebe!

Ich löse die Kordel an ihren Pyjamahosen und ziehe sanft daran, während sie auf den Boden fallen.

Michael steigt aus ihnen aus und tritt sie.

Ich fange an, ihren perfekten Arsch zu tasten.

Ich fahre mit meinen Nägeln über seinen Rücken und gehe zurück, um den glücklichen Weg wieder zu finden.

Diesmal folgte ich ihm den ganzen Weg und schlang meine kleinen Hände um seinen großen harten Schwanz und fing an, ihn zu pumpen.

Je schneller ich sein dickes Glied pumpe, desto schneller arbeiten seine Finger an meiner Muschi.

"Cristina, du bist so verdammt sexy. Weißt du das richtig?" Sagte er als wir uns weiter küssten und als er mich weiter fickte und mit meinem Kitzler spielte.

"Ja, ich fange an das zu glauben. Aber du machst mich sexy." Ich gestand, während ich mich bemühte, einen Orgasmus zu verzögern, den ich in mir wachsen fühlte.

Michael musste das Gefühl gehabt haben, dass er gleich zu mir kommen würde, als er schnell seine Finger zurückzog und sein Gesicht in meine Muschi vergrub, um einen Orgasmus zu bekommen.

Er saugte hart an meinem Kitzler und arbeitete mit seiner Zunge an meinen Lippen.

Als ich anfing abzuspritzen, leckte er weiter die Säfte, die von mir flossen.

Ich klammerte mich an seinen Kopf und hielt ihn in meiner Muschi fest, als ich vor Ekstase schrie.

Er leckte und saugte weiter, als mein Körper sich zu winden begann, als Wellen des Vergnügens durch meinen Körper fegten.

KAPITEL III

Als sich mein Körper zu beruhigen begann, sah Michael mich mit einem Augenzwinkern und einem breiten Lächeln an und sagte:

"Ich bin dran!"

Michael packte mich an der Taille und zog mich von der Theke.

Stellen Sie sicher, dass ich fest auf den Beinen bin, bevor Sie auf dem Hocker sitzen.

"Es wäre mir ein Vergnügen, Sir!" Sagte ich verlegen, als ich über ihm auf die Knie sank.

Ich hielt seinen riesigen Schwanz in meiner kleinen Hand und erinnerte mich dann an die Schlagsahne.

Ich denke, er braucht Rache für das Spiel von früher.

Ich stehe auf und er packt mich.

"Wo denkst du gehst du hin?" Er sagt es mir.

"Ich entschied, dass ich nach mehr als nur deinem Schwanz hungrig war." Ich antwortete mit einem Lächeln, als ich nach der Schlagsahne auf ihrem Teller suchte.

"Ooooohhhh, das wird gleichzeitig unerträglich und wunderbar. Du bist so ungezogen." Antwortete Michael als er sich gegen die Theke lehnte.

Dann steckte ich etwas Schlagsahne in ihren Mund und küsste sie sanft und leckte den Rest ihrer Lippen.

Dann legte ich etwas an seine Brustwarzen und saugte daran.

Ich ging auf den glücklichen Weg, legte etwas auf seinen Bauchnabel und leckte ihn sauber.

Dann hatte ich noch etwas Schlagsahne und legte sie den ganzen Weg, was mich zu meinem glücklichen Platz führte!

Langsam fing ich an, ihn hin und her zu lecken, auf und ab, bis ich auf seinen großen schönen Schwanz stieß.

Inzwischen stöhnte Michael und trat mich, aber ich bin noch nicht fertig mit ihm.

Ich nehme noch etwas von der Schlagsahne und verteile sie leicht auf der Spitze, wobei ich den Schaft und die Basis seines Schwanzes hinunter gehe.

Ich lasse ihn dort, während ich seine Eier halte und anfange, sie zu lecken.

Ich lutsche jeden Ball, während ich sehe, wie er mich ansieht.

Ich kann in seinen Augen sehen, dass er schon genug gefoltert wurde, also werde ich nicht mehr schlecht sein.

Schließlich achte ich darauf, was er von mir wollte, was er mich mit seinen Augen anfleht.

Beginnend an der Basis schaufele ich die gesamte Schlagsahne mit einem großen Leck in meinen Mund.

Dann wickle ich langsam meinen Mund um ihn und nehme den größten Teil des Mitglieds beim ersten Mal in meinen Mund.

Dann fange ich für eine Weile an, allein an seinem Kopf zu saugen.

"Fuck Babe! Du bist zu gut für mich! Dein Mund ist unglaublich!"

Michael kann kaum sprechen, bevor ich es wieder zu meinem Mund nehme, das ganze Mitglied.

Also beginne ich einen Angriff auf seinen großen Schwanz.

Immer wieder seinen großen Schwanz lutschen und lecken.

Ich bin unerbittlich, ich bringe ihn an den Rand eines Orgasmus und höre dann auf.

"Was machst du? Ich war fast da! Hör nicht auf." Sagte er mit brennenden Augen.

"Ich weiß nur nicht mehr, ob ich hungrig bin. Du musst mich bitten, wenn ich fertig werden soll." Erklärte ich, während ich leicht meine Zunge an der Spitze seines Schwanzes bewegte. "Willst du mehr?"

"Ja, ich möchte, dass du meinen großen fetten Schwanz lutschst, bis du mich kommen lässt, dann möchte ich, dass du mein Sperma trinkst und jeden Tropfen schluckst!" Er bestellte.

Dann fuhr er sanft fort:

"Bitte und Dankeschön!"

"Okay, da du es so freundlich gesagt hast, werde ich dir geben, was du willst."

Dann fing ich wieder an, seinen Schwanz zu lutschen.

Ich ging zu seinen Bällen hinunter, weil mir übel wurde.

Ich war sehr stolz darauf, meine Übelkeit eindämmen zu können und kehrte zu der Last auf seinem großen Schwanz zurück.

Michael stand auf und hielt meinen Kopf und ich konnte fühlen, wie er meinen Hals traf, als er mein Gesicht fickte.

Ich packte seinen Hintern und hielt ihn fest, als er schneller und schneller ging.

Ich konnte fühlen, wie es in meinem Mund anschwoll.

Ich wusste, dass er sich bereit machte, seine Ladung zu blasen, also hielt ich mich fest.

"Oohhh, ja, fick Cristina!" Er schrie, als er seine Ladung flog, die mit großer Kraft in meinen Mund eindrang.

Als ich sein ganzes Sperma nahm und es schluckte, grunzte Michael und befahl:

"Das ist richtig, sei ein gutes Mädchen und schluck alles, Baby."

Er pumpte noch ein paar Mal, als der letzte Teil seiner Milch in meinen Mund sickerte und auf seine Schocks wartete.

Er hob mich auf die Füße.

Ich dachte mir, es war ein gut gemachter Blowjob gewesen.

Sie haben es sehr genossen.

Michael legte meinen Kopf schief und küsste mich zärtlich und rieb leicht meinen Rücken und meine Schultern.

Dann schlägt er mir hart auf den Arsch und sagt:

"Du bist ein sehr böses Mädchen, das sich über mich lustig macht wie du. Aber ich würde dich nicht anders haben."

"Ich sage dir den gleichen Schatz. Ich liebe dich." Ich flüsterte in seine Ohren und rieb den Juckreiz an meinem Arsch. "Ich werde mit dem Frühstück fertig sein."

Dann küsste ich ihn auf die Wange und wir beendeten das Frühstück.

KAPITEL IV

So war es die meisten Tage, seit wir zusammen waren.

Wir waren verspielt und haben es geliebt, miteinander zu scherzen.

Wir könnten aber auch ernst und süß sein.

Ich denke, Abwechslung und Spaß machen ein tolles Paar aus.

Zumindest aus meiner begrenzten Erfahrung scheint das zwischen uns zu funktionieren.

Später an diesem Tag gingen Michael und ich ins Restaurant, um uns auf die Arbeit vorzubereiten.

Ich war in den Wolken.

Zuerst vom großen Fick der Nacht zuvor und jetzt vom verspielten Morgen, den wir hatten.

Ich musste lächeln.

Ich war noch nie in meinem Leben glücklicher.

Nachdem die Gerichte für das Abendessen vorbereitet waren, war es Zeit, den Kellnern das heutige Menü vorzustellen.

Als ich ins Esszimmer ging, blieb ich stehen.

Dort saß am Tisch mit dem Rest des Personals und dem Besitzer eine neue Kellnerin.

Sie war groß und an ihrem athletischen Körperbau konnte ich erkennen, dass sie gut auf sich selbst aufpasste.

Sie hat dunkelblaue Augen, die wie das Meer aussahen, rubinrote Lippen und langes lockiges blondes Haar.

Ich wurde sofort gespült.

Ich musste mich zusammensetzen, damit ich ihnen von der Abendkarte erzählen konnte.

Als sie dem Personal die verschiedenen Gerichte erklärte und alles in sich aufnahm, versuchte sie, die neue Kellnerin nicht anzusehen.

Aber zu sehen, wie sie die Gabel meines Essens in ihren Mund steckte und wie sie es genoss, war sehr heiß.

Ich war von seinem Mund angezogen und wie er sich nach ein paar Bissen die Lippen leckte.

Die Art, wie er seine Augen schloss, leicht stöhnte und seinen Kopf nach hinten neigte, war sehr feurig.

Es war fast so, als würde sie absichtlich versuchen, sinnlich zu sein.

Sie hatten endlich alles versucht und konnten mit Kunden aus erster Hand über das heutige Menü sprechen.

Er konnte nicht schnell genug aus dem Laden kommen.

Also ging ich aus der Hintertür, um mich etwas abzukühlen, nachdem ... nachdem ... nun, was auch immer es war.

Ich beschloss, es nur ein bisschen abzubürsten.

Vielleicht sind es nur meine Hormone oder so.

Es ist keine große Sache.

Dann ging ich wieder hinein, um unseren geschäftigen Dienst zu beginnen.

Ich konnte es kaum erwarten, auszusteigen und die übliche Menge von Freunden und Kollegen im Restaurant zum Abendessen zu treffen.

Ihre Nerven waren an der Oberfläche und sie musste sich ausruhen.

KAPITEL V

Am Ende der Nacht küsste mich Michael und sagte mir, dass er heute Abend nicht zum Abendessen ins Restaurant gehen würde.

Er hat morgens einige Dinge zu tun und musste bald ins Bett.

Also ging ich alleine ins Restaurant.

Es ist ein typisches Restaurant im Stil der 60er Jahre.

Sie haben eine Schallplattenmaschine, die zufällige Musik spielt.

Und sie haben die besten Burger und Pommes!

Es trifft wirklich den Punkt nach einer langen geschäftigen Nacht.

Als ich dort ankam, war alles ziemlich tot.

Es gab ein paar alte Männer, die hier Stammgäste sind, an der Theke Kaffee trinken und Kuchen essen.

In einer Ecke standen einige Teenager, die er vorher noch nicht gesehen hatte.

Dann war da noch unsere verrückte Gruppe.

"Hallo allerseits!" Ich schreie sie von der Tür aus an, als ich sie an unserem üblichen Tisch sehe.

Sie waren alle da.

Michaels Bruder Tony, Frankie, ein Koch aus einem anderen Restaurant, John, eine Köchin, und Julia, eine Kellnerin, beide aus dem Restaurant ... und ... OMG, sie ist es!

Es ist die neue Kellnerin.

Wie, warum, was ...

Ich kann meine Gedanken nicht einmal vervollständigen, wenn ich spüre, wie sich meine Wangen erwärmen und meine Muschi anfängt zu kribbeln.

Ich denke Julia muss sie eingeladen haben zu kommen.

Dies wird eine interessante Nacht.

Mal sehen, wie das geht.

Ich hoffe, ich mache mich nicht zum Narren.

Ich denke das alles auf der Suche nach einem Platz zum Sitzen.

Dann steht das neue Mädchen auf.

"Hallo, mein Name ist Lydia, das neue Mädchen. Du kannst neben mir sitzen, wenn du willst." Sie sagt es mir mit südländischem Akzent und einem angenehmen Lächeln.

Ich schaue auf ihren Mund, als sie mit mir spricht.

Dann greift er nach meiner Hand und zieht mich sanft zum Tisch.

"Sicher, denke ich. Schön dich offiziell zu treffen, Lydia. Ich bin Cristina." Ich sagte ihr.

Also schlüpfe ich in den großen Schrank in der Ecke, in der Lydia saß und sie neben mir sitzt.

Michaels Bruder Tony ist auf meiner rechten Seite und Lydia ist auf meiner linken Seite.

Frankie, John und Julia stehen vor mir.

Wir bestellten alle unser Essen und Getränke.

Lydia erzählt uns von ihr.

Sie kommt von irgendwo im Süden, was an ihrem Akzent zu erkennen ist.

Er zog hierher, um aus seiner kleinen Stadt herauszukommen, die voller geschäftiger Interessen in seinem persönlichen Leben war.

Er mag es nicht, wenn Leute alle seine Angelegenheiten kennen, sagte er.

Dann legte er sofort seine Hand auf mein Bein und drückte es, was mir natürlich Schüttelfrost verursachte.

Was versuchst du zu sagen?

Es scheint mir, dass hier irgendwo eine versteckte Botschaft ist.

Wir sprechen über Arbeit und Leben im Allgemeinen.

Dann beginnt Frankie, uns eine lustige Geschichte über ein Mädchen zu erzählen, mit dem er sich kürzlich verabredet hat und das furchtbar schief gelaufen ist.

Als Frankie ihre Geschichte erzählt, beginnt Lydia, ihre Hand an meinem Bein zu reiben.

Auf und ab langsam näher an meine inneren Schenkel und dann näher an meine jetzt nasse Muschi.

Mein Gott, seine Berührung fühlt sich so gut an.

Ich schaue mich um und sehe, ob jemand merkt, was er tut, aber ich sehe, dass er es nicht tut.

Danke Gott.

Aber wie kann ich mich so fühlen?

Ich liebe Michael und dachte, ich mag keine Frauen.

Aber sie hat mich jetzt so heiß gemacht.

Ich stelle sie mir immer wieder in meinem Bett vor, küsse mich … lecke mich …

"Wow! Das sieht alles so gut aus, Leute. Ihr habt alle ein Juwel von einem Ort gefunden!" Sagt Lydia und unterbricht meine Gedanken über die Ankunft des Essens.

Erleichtert, dass das Essen hier ist, fange ich an, meinen Burger und meine Pommes zu essen.

Hoffentlich lässt Lydia mich jetzt in Ruhe.

Dies ist jedoch nicht der Fall.

Obwohl er seine Hand nicht mehr an meinem Bein hat, leckt er sehr langsam den Saft und das Salz von seinen Fingern.

Mir ist klar, dass Frankie und Tony sie ansehen.

Ich meine, das Mädchen saugt und macht ein Fingerfood.

Er zeigt uns, dass er verrückte Saugfähigkeiten hat, die jetzt offensichtlich sind.

Sie hat mich so abgelenkt und angemacht.

Ich kann mein Essen kaum essen.

Endlich sind alle fertig und Frankie versucht Lydia dazu zu bringen, mit ihm zu gehen.

Aber Lydia lehnt ihn mit ihrem südländischen Charme ab.

Also gehen er und Tony mit etwas Ärger nach dieser Ausstellung, die Lydia gerade gemacht hat.

Julia sieht John an, sie sind seit ein paar Monaten zusammen und sagt:

"Bist du bereit nach Hause zu gehen? Ich weiß, dass ich es bin!" Sagt sie mit einem klaren Versprechen in den Augen.

Dann gehen sie zusammen.

"Nun Lydia, ich gehe nach Hause. Es war schön mit dir rumzuhängen. Du solltest zu uns zurückkehren. Ich denke du warst ein Erfolg!" Ich sagte ihr.

Ich schlüpfe aus dem Schrank und gehe zur Tür.

"Ja, ich denke ich komme wieder. Bist du hierher gegangen? Wenn ja, kann ich mit dir gehen. Ich wohne sehr nahe, sehr nahe am Restaurant, aber ich mag es nicht wirklich, um diese Zeit allein zu sein." Lydia gesteht mir, als sie mir aus dem Restaurant folgt.

Es scheint beängstigend, aber es steckt mehr dahinter als da, aber ich bin mir nicht sicher, was.

"Klar, ich wohne einen Block vom Restaurant entfernt, das ist also perfekt." Ich sagte ihr.

Dann greift er nach meiner Hand und sagt Danke.

Während wir gehen, erzählt sie mir mehr über ihre Familie zu Hause.

Ich erzähle ihm auch von mir.

Wir hatten ein ziemlich ähnliches Leben als wir aufwuchsen.

Es ist so schön, mit jemandem über diese Dinge zu sprechen, der das Kleinstadtleben versteht.

Als wir vor ihrem Haus stehen, lässt sie meine Hand los und dreht sich zu mir um, legt ihre Hände um meine Taille und sagt:

"Nun Cristina, danke, dass du mich nach Hause gebracht hast. Es war schön mit dir zu reden und dich besser kennenzulernen. Ich würde dich jedoch gerne noch besser kennenlernen."

Dann beugt er sich vor und küsst mich.

Sein Mund ist so weich und sanft wie ich es mir vorgestellt habe.

Ihre Zunge drang in meinen Mund ein, als ich ihn öffnete, um sie einzuladen.

Es schmeckt nach Kirschen.

Ich verliere mich in dem Kuss.

Ihre Hände berühren meinen Arsch und ziehen mich zu sich heran.

Aber ich komme schnell zur Realität und merke, was ich tue.

Ich kann das nicht tun, nicht mit Michael.

Also gehe ich weg und sage ihm:

"Es tut mir leid, dass ich dich aufgegeben habe oder so, aber ich habe einen Freund, den ich sehr liebe und den ich ihm einfach nicht antun kann. Ich denke, du bist schön und wirklich nett. Aber ... ich kann es einfach nicht."

"Cristina, du bist ein hübsches Mädchen und ich bin nicht überrascht, dass du jemanden siehst. Ich wäre überrascht, wenn du nicht wirklich so wärst." Lydia antwortet mir.

Ich weiß nicht was ich denken soll.

"Wenn du weißt, dass ich mit jemandem zusammen bin, warum stachst du mich dann an?"

Ich bitte Sie, zurückzutreten.

"Cristina, ich habe deine Reaktion auf mich während der Menüverkostung bemerkt. Ich habe gesehen, wie du mich beobachtet hast und wie du rot geworden bist. Dann hast du mich dein Bein im Restaurant reiben lassen."

Sie beginnt ihren Finger über meine Lippen zu reiben.

Dann fahre fort:

"Ich weiß, dass du an mich gedacht hast. Ich denke an das, was ich dir antun soll. Du wolltest, dass ich dich so küsse."

Dann küsst sie mich auf den Hals.

"Soll ich dich berühren?"

Dann legt er eine seiner Hände auf meinen Hintern, fast auf meine Muschi.

"Du willst, dass ich dich hier lecke"

Dann legte er seine andere Hand auf meine Muschi und fing an, sie zu streicheln.

Ich genieße, was sie mir antut.

Küsse meinen Hals, spiele mit meinem Arsch und jetzt mit meiner Muschi!

Es fühlt sich so gut an, aber gleichzeitig frech und mutig.

"Ich weiß, dass du mich willst, Cristina, und es ist in Ordnung, es loszulassen und zuzulassen. Bitte komm mit mir. Ich werde dich nicht dazu bringen, etwas zu tun, mit dem du dich nicht wohl fühlst. Ich verspreche es."

Sie nimmt meine Hand und ich folge ihr.

Es ist, als ob seine Worte mich verzaubern.

Sie hat mich gerade so heiß.

Ich bin Kitt in deinen Händen.

KAPITEL VI

Wir gehen in ihre Wohnung und sie spielt Musik.

Es waren 30 Sekunden bis zum Mars, meiner Lieblingsband!

Ich konnte es nicht glauben.

Das Lied war "The Kill".

Ton füllt das Wohnzimmer.

Ich schließe die Augen und schaukele hin und her zu dem Brief.

"Magst du dieses Lied Cristina?" Fragt Lydia als sie mir ein Glas Weißwein gibt.

"Ja, 30 Seconds to Mars ist meine Lieblingsband!" Ich sage es ihm, als er neben mir auf der Couch sitzt.

Wir sitzen und trinken unseren Wein und hören das Lied.

Lydia stellte ihr Glas auf den Tisch und nahm mein Glas, um es ebenfalls auf den Tisch zu stellen.

Sie zündet einige Kerzen an, die auf dem Tisch stehen.

Dann richtet er seine Aufmerksamkeit auf mich.

Sie beginnt mit dem Handrücken über meine Schultern, meinen Arm und zurück zu meinen Schultern zu fahren.

Dann bringt er seine Finger zu meiner Brust und zeichnet den Ausschnitt meines lila Hemdes nach und küsst, wo seine Finger waren.

Plötzlich wusste ich, dass ich sie wollte und sonst nichts.

Ich greife nach ihrem Kinn und bringe ihr Gesicht nahe an mein.

Ich schaue für einen Moment in seine tiefblauen Augen und nehme dann mit meinem seinen Mund in Besitz.

Leidenschaftlich fickt sie ihren schönen Mund.

Meine Hände sind in seinen Haaren verschlungen, als ich ihn sanft ziehe.

"Ahhhhh ..." Lydia stöhnt in meinen Mund.

Lydia beginnt meine Bluse und dann meinen schwarzen BH auszuziehen.

Sie bleibt stehen, um jede Brustwarze zu lecken.

Dann ziehe ich ihr rosa T-Shirt und ihren rosa Spitzen-BH aus.

Gott!

Sie hat wirklich einen erstaunlichen Körper und volle und opulente Brüste.

Sie sollten mindestens eine D-Tasse sein, vielleicht doppeltes D.

Ich nehme ihre flexiblen Brüste in meinen Mund und lutsche an einer Brustwarze.

Ich kneife den anderen, damit er sich nicht ausgeschlossen fühlt.

Während ich an ihren Brüsten arbeite, knöpft sie ihre Jeans auf und knöpft dann meine auf.

Ich lasse ihre Brüste los und Lydia zieht mich auf die Couch.

Es nimmt mir den Atem, es sieht so sexy aus!

Ich kann nicht glauben, dass das passiert.

Ich kann nicht glauben, dass ich das so stark für sie fühle.

Lydia legt ihre Finger auf meine Taille und zieht meine Hose runter.

Ich versuche ihr zu helfen und sie zu treten.

Schließlich zieht sie sie von meinen Füßen.

Ich liege völlig nackt auf ihrer Couch, bis auf meinen schwarzen Tanga.

Sie hebt meinen Fuß und beginnt an den Zehen meines linken Fußes zu saugen.

Dann küsst er mich auf seinem Weg mein Bein hinauf bis zu meinem inneren Oberschenkel.

Dann beginnt es wieder auf meinen Zehen an meinem rechten Fuß und geht mein Bein hinauf bis zu meinem inneren Oberschenkel.

Weiche und warme Küsse wärmen meine Haut.

Ich atme schwerer als zuvor.

Ich kann die nach Kokosnuss duftenden Kerzen riechen, die Sie zuvor angezündet haben.

Ich liebe den Geruch des Strandes und jetzt erinnert er mich an ihre ozeanblauen Augen.

Ich sehe sie an und sie beobachtet mich aufmerksam, während sie eine Spur von Küssen auf meiner blassen Haut hinterlässt.

Wenn es meine Muschi erreicht, lecke zuerst beide Seiten meiner äußeren Lippen.

Dann zieht er meinen Tanga zur Seite und schnippt mit der Zunge über meinen geschwollenen Kitzler.

Sie macht es immer und immer wieder.

Immer schneller gehen.

Dann taucht er seine Zunge in meine inneren Lippen und beginnt zu lecken.

Sie nimmt die Säfte, die schon in meiner nassen Muschi vorhanden sind.

Dann beginnt er wieder an meinem Kitzler zu saugen.

"Fuck Lydia! Oh mein Gott! Es fühlt sich so verdammt gut an, Liebling", sage ich ihr zwischen den Atemzügen.

Ich greife nach unten und lege meine Hand in ihre Haare und spiele mit meiner freien Hand mit meinen Titten.

Aber sie nimmt meine Hände und legt sie auf beide Seiten von mir und saugt weiter, ohne einen Schlag zu verpassen.

Sie ist dominant und unerbittlich und das macht mich noch mehr an.

Er saugt weiter und jetzt arbeiten seine Finger an meiner durchnässten Muschi.

Ich weiß nicht, wie viel ich noch aushalten kann, bevor ich zum Orgasmus falle.

"Ooooohhhh! Mein Gott!" Ich schreie, als mein Körper anfängt zu zittern.

Lydia versucht meine Hände zu ergreifen, während ich mich unter ihrem geschickten Mund bewege.

"Okay, lass es los. Hör auf dich festzuhalten und finde deine Freilassung." Sie ermutigt mich.

Seine Worte waren das, was ich hören musste und ich ließ los.

Sie ließ meine Hände los und hielt meinen Arsch, als sie weiter meine Muschi aß.

Ich fing an sehr stark zu werden.

Mein Körper krampfte sich zusammen.

Wellen der Ekstase begannen mich zu überfluten.

Er schwebte immer weiter von der Realität entfernt.

Bis ich den unglaublichsten Orgasmus hatte, den ich jemals in meinem Leben hatte.

KAPITEL VII

Als ich wieder zu Atem kam, küsste Lydia mich am ganzen Körper und nahm sich Zeit für meine Brüste.

Dann ging er hoch und küsste mich immer wieder auf den Mund.

Ich konnte meine Säfte darin schmecken.

Es schmeckte so süß gemischt mit ihrem Kirschlipgloss, dass ich das Gefühl hatte, dass es in ihr war. jetzt.

Der Duft der Mischkerzen machte mich wieder aufgeregt.

Ich packte sie und drehte mich um, damit sie unter mir war.

Ich küsste sie hart, biss und zog an ihrer Unterlippe.

Das brachte sie zum Stöhnen.

Er legte seine Hand auf mein Gesicht und rieb meine Wange mit seinem Daumen.

Es war so süß und brachte mich zum Lächeln.

Wir schauen uns einen Moment in die Augen.

Dann fing ich an, ihr Ohr zu küssen.

Knabberte und saugte leicht an ihrem Ohrläppchen.

Sie beginnt zu summen.

Ich habe den Sound geliebt, den er gemacht hat, weil ihm gefallen hat, was ich mache.

Ich begann mich zu bewegen und küsste sie über ihren Nacken, über ihr Schlüsselbein und bis zu ihrer Brust.

Sie spielt mit meinen Haaren.

Ich lecke zwischen ihren massiven Brüsten und nehme ihren Geruch auf, wie er es bei mir getan hat.

Dann gehe ich weiter zu seinem Nabel hinunter.

Sie hat einen engen Bauch mit unglaublichen Bauchmuskeln.

Ich lecke ihren Bauchnabel und stecke meine Zunge in sie.

Dann bewege ich mich weiter nach Süden.

Ich küsse sie auf die Hüften und dann auf die kleine Landebahn, die zu ihrer nassen Muschi führt.

Ich atme tief ein und sie riecht großartig.

Ihr Summen wird lauter, als ich zum ersten Mal an der Muschi dieser Frau lecke.

Sie schmeckte süß wie ein Pfirsich.

Ich sah auf, um zu sehen, ob sie es genoss, und ihre Augen waren geschlossen, ihr Mund war offen und ich bemerkte, dass sie keuchte.

Es scheint, dass sie es genießt.

Ich lecke und erforsche ihre Muschi mit meiner Zunge.

Ich finde ihren Kitzler und klopfe schnell mit meiner Zunge darauf und beginne dann daran zu saugen.

Lydias Hände gehen sofort zu meinem Kopf, als sie mir signalisiert, weiterzumachen.

Also lutsche ich weiter an ihrem Kitzler.

Dann schiebe ich einen Finger in ihre Muschi.

Es ist sehr eng.

Ich kann nicht anders, als mich zu fragen, ob sie jemals zuvor mit einem Mann zusammen war.

Ich bearbeite ihre Muschi, bis ich sie etwas lockere und dann einen weiteren Finger schiebe.

Ich lutsche und lecke ihren Kitzler, während ich sie mit meinen Fingern ficke.

Dann stecke ich meinen Daumen in ihr enges Arschloch und fange an, es zu reiben.

Das geht eine Weile so und ich fühle, wie sie zittert.

Ich weiß, dass sie in der Nähe ist, also fange ich wirklich an, meine Finger schneller in ihre enge Muschi hinein und heraus zu pumpen.

Ich lutsche ihren Kitzler fester und reibe ihren Arsch schneller.

Er klammert sich fester an meinen Kopf und beginnt sein Becken zu stoßen, als er hart wird.

Ihre Säfte kommen aus ihr heraus und ich nehme alles, was ich fangen kann, mit meinem Mund.

Sie beginnt von ihrem Orgasmus herunter zu kommen, also streichle ich leicht ihren Körper, als sie anfängt sich zu winden.

Ich halte an.

Ich hebe meine Hand und küsse sie.

"Das war unglaublich, Lydia! Ich habe es geliebt, dich so kommen zu sehen!" Ich sagte.

"Bist du sicher, dass du nicht an Frauen interessiert bist? Was sicher ist, ist, dass du weißt, wie du deinen Mund benutzt!" Sie fragte mich.

"Nein, ich war nicht interessiert. Aber ich hoffe, es ist auch nicht das letzte Mal, dass ich es tue!" Ich sage es ihm mit einem unanständigen Lächeln im Gesicht zusammen mit seinen Säften.

"Ich hoffe auch nicht. Ich möchte, dass du mir das noch oft antust!" Sagte Lydia mit einem zufriedenen Lächeln.

ENDE

www.ingramcontent.com/pod-product-compliance
Lightning Source LLC
Chambersburg PA
CBHW051211160726
47994CB00002B/560